작은 기쁨
채집 생활

작은 기쁨
채집 생활

김혜원 에세이

indigo

딱히 웃을 일 없는 일상에 굳이 심어 둔
작고 귀여운 기쁨에 관한 이야기

올봄은 꼭 필요한 일 아니면 하지 않기로 약속한 계절이었다. 여러모로 봄 타령이나 할 '때'가 아니었다. 꼭 봐야 하는 사람이 아니면 만나지 않았고, 생필품이 아닌 물건은 사지 않았으며, 특별한 볼일 없이는 집 밖으로 나가지 않았다. 그렇게 일상에는 필요한 것들만이 남았다. 생존을 위해 필요한 최소한의 것들을 누릴 수 있다는 사실만으로도 감사해야 하는 시기였다.

흐릿해진 계절감은 가끔 울리는 인스타그램 알림 메시지로 겨우 유지할 수 있었다. "2년 전 오늘 게시한 게시물을 확인해 보세요." 사진 속에는 마음의 크기완 관계없이 더는 찾지 않게 된 것들이 남아 있었다. 생존에 끼지 못하는 것들. 그냥 보고 싶어서 만나는 사람과 아무 이유 없이 찾는 장소, 그저 즐겁기 위해 하는 일 같은 거. 이런 시기가 길어지면 그런 것들은 영영 사라지는 걸까. 기분이나 감정 같은 건 명분이 될 수 없으니까. 문득 애틋한 감정이 빵처럼 부풀어 올랐지만 급하게 구석으로 치워 버렸다. 이럴 때가 아니라는 걸 너무도 잘 알고 있었기 때문이다.

가만 보면 나는 늘 때가 아니라는 생각을 하며 지냈다. '때가 아니다'의 역사는 수험생 시절로 거슬러 올라간다. 그 시절 나는 "이럴 때가 아닌데"라는 말을 달고 살았다. 좋아하던 오빠와 데이트를 하고서도 후회를 했다. 한 문제 때문에 원하는 대학에 합격하지 못할 수도 있는 심각한 상황에서 즐길 거리를 찾는다는 게 꼭 죄를 짓는 것 같았다.

반면 그 시절 나의 정신적 지주였던 강도영(친구 이름이다.)은 팍팍한 수험 생활 속에서도 기어코 즐거울 구석을 만들어 내는 애였다. 내가 뭐라고 딴지를 걸어도 아랑곳하지 않고 매번 크고 작은 이벤트를 만들어 제안했다. "모의고사 끝나고 아웃백 갈래?" "구월동에 색연필 사러 가자." "독서실 들어가기 전에 인형 뽑기 한 판만 하자." 그럼 나는 못 이긴 척 걔를 따라나서곤 했다.

그리고 불행히도 여전히 때는 오지 않고 있다. 무려 11년째! 매년 마음 놓고 행복할 수 있는 때가 아니다. 10년 전엔 학점을 따느라 아니었고, 5년 전엔 취업을 못 해서 아니었다. 4년 전엔 결혼이 코앞이라, 작년엔 종이 잡지가 위기라서(정말이다.), 올해는⋯⋯. 아무튼 때가 아니다. 그뿐인가. 내년엔 또 무슨 상황이 생길지 알 수 없다.

"그냥 니 마음에 여유가 없는 거 아니야? 상황이 따라 줘서 행복한 사람이 어디 있어. 다들 틈틈이 즐거운 시간을 만드는 거지. 요령껏!"
몇 년 전 초여름, 인천 끄트머리에 사는 강도영이 서울에서 일하는 날 만나러 와서 한 말이다. 내 생일이 지난 지 일주일 정도 된 날이었을 거다. 선물을 준비했다는데도 바쁘다며 만나 주지 않자(네! 제가 나쁜 친굽니다.) 그래도 밥은 먹지 않냐며 찾아온 거였다. 잔소리를 좀 듣긴 했지만 덕분에 예쁜 식당에서 밥도 먹고 생일 케이크에 초도 꽂을 수 있었다. 십 대일 때나 삼십 대일 때나 우린 참 여전하다.
2시간 만에 끝난 짧은 생일 파티는 뜻밖의 긴 여운을 남겼다. 상황이 따라 줘서 행복한 사람이 어디 있냐는 말. 흔히 쓰는 표현인데 이상하게 그 말이 마음에 얹혔다. 왜 내 인생만 맨날 이렇게 심각한가 싶었는데 걔 말대로 그냥 즐거움을 찾는 요령이 없었던 건가 싶기도 했다. 그래 다들 인생이 뭐 얼마나 꽃길이겠어. 주어진 상황에서 잘 지낼 수 있는 방법을 찾아 틈틈이 즐거워하는 거지.

인생이 계절처럼 흐르는 줄 알았다. 겨울이 가면 봄이 오듯. 힘든 시기를 버티면 적어도 두세 달은 걱정 없이 지낼 수 있을 거라 생각했다. 그래서 대체로 행복하길 포기한 채로 지냈다. 나를 즐겁게 해 줄 일은 나중으로 미뤘다. 봄이 오면, 여유가 생기면 가벼운 차림으로 팔랑팔랑 맥주나 마시러 다녀야지. 나름 씩씩하게 벼르다가도 이따금 막막해졌다. 매일 버티기만 하는 삶이 무슨 의미가 있을까. 무기력한 채로 그놈의 '때'를 한없이 기다리며 흘려보낸 시간이 지나치게 길었다.

이제는 안다. '마음 놓고 행복해할 수 있는 때' 같은 건 인생에 없다는 사실을. 행복은 계절처럼 큰 단위로 오지 않고 몇 달씩이나 지속되지도 않는다. 마감이 코앞이니 당분간만 우중충한 채로 지내겠다는 다짐은 영영 흐린 기분으로 살겠다는 말과 같다. 마감 뒤엔 또 다른 마감이. 숙제 뒤엔 또 다른 숙제가 있다. 그러니 바쁘더라도 요령껏 시간을 내서 틈틈이 행복해야 한다. 작고 귀여운 기쁨이라도 모아야 일상을 지킬 수 있는 법이다. 볕

이 좋은 시간을 골라 커피라도 사러 나가든, 커다란 창문 너머로 목련이 보이는 카페를 찾아 거기서 마감을 하든.

말은 이렇게 했지만 나는 여전하다. 틈틈이 행복해야 한다는 사실을 자주 잊는다. "이럴 때가 아니"라며 인상만 쓰고 있다가 무력감에 빠지기 일쑤다. 그러곤 일상이 무너지기 직전에야 겨우 떠올린다. 아, 맞다. 행복은 셀프였지. 즐거울 구석을 스스로 만들자.

2020년 2월 이전의 일상이 전생의 일처럼 아득하게 느껴지는 요즘. 내가 기르는 작고 귀여운 기쁨은 '복도에서 노을 보기'다. 예정에 없던 재택근무를 하게 된 덕분에 우리 집의 유일한 자랑인 북한산 뷰 선셋을 실컷 누리게 됐다. 창문 밖이 붉어지면 아끼는 컵에 좋아하는 음료(주로 술이다.)를 가득 담아 아파트 복도로 나간다. 철수 아저씨의 라디오를 들으며 준비한 음료를 천천히 마시다 보면 금방 해가 져서 어둑해진다. 나의 주특기인 "한 잔 더!"를 외칠 틈도 없는 그야말로 찰나의 기쁨이다. 행복이라 부르기도 민망한 부스러기 같은 기쁨. 이렇게 별것 아닌 것 같은 것들의 도움을 받아 일상이 견뎌진다는 게 매일 신기하다.

이 책은 딱히 웃을 일 없는 일상에 굳이 심어둔 작고 귀여운 기쁨들에 관한 이야기다. 불안하고 고통스러운 이 시기를 모두가 무사히 건너갔으면 좋겠다. 각자의 작고 귀여운 기쁨을 기르며 근근이 지내다가. 모든 게 잠시 괜찮아진 어느 날 만나 생존에 끼지 못하는 사치스러운 것들에 대해 이야기하며 노닥거리고 싶다.

김혜원

차례

오늘의 나를 좋아하게 만드는
일상 사용법

마음을 홀가분하게 해 주는
나만의 주문

평범해도 시시하지 않게
나를 기르는 요령

오늘의 나를
좋아하게 만드는
일상 사용법

매일 쓰는 물건이니까 예뻐야 해

'생활의 지혜'는 살다 보면 저절로 얻어지리라 기대했었다. 하지만 세상에 저절로 알게 되는 건 정말 아무것도 없다는 사실을 해마다 실감한다. '이런 것까지 공부해야 한다고?' 싶은 분야(가령 잘 쉬는 법 혹은 평정심을 유지하는 비결 같은 것)도 전공 과제를 할 때만큼이나 진지하게 생각하고 고민해야 겨우 내게 맞는 답을 찾을 수 있었다. 그래서 언젠가부터는 일상을 공부하는 마음으로 산다. 시험도 과제도 성적도 없지만 보다 만족스러운 삶을 위해 꼭 필요한 공부랄까.

그중 돈에 대한 궁리는 유독 오랫동안 미뤄 왔다. 특별한 의도 없이 적극적으로 벌지도 쓰지도 않았다. 세 번만 입어도 보풀로 뒤덮이는 스웨터나 신으면 발에 고무 냄새가 배는 구두같이 시시한 물건을 한두 개 사고 나면 통장이 바닥났고, "돈이 없어서"라는 이유로 많은 것을 체념했다. "학생이 다 그렇지 뭐"라고 말할 수도 있겠지만, 돌이켜 보면 그렇지 않은 친구도 있었다. 아르바이트를 세네 개씩 해서 기어코 유럽 여행을 떠나거나 밥을 굶어서라도 아이패드를 사고 마는 애들. 자기가 뭘 원하는지 분명히 알고 그것을 쟁취하는 사람들 사이에서, 나는 성적 맞춰 대학에 온 애처럼 수동적으로 떠다녔다.

취직을 해서 매달 월급을 받게 됐지만, 내 태도는 크게 달라지지 않았다. 마음에 드는 물건이 눈에 띄어도 "과연 이 돈 주고 살 만한 가치가 있을까? 내 수준에 맞는 물건일까?" 우물쭈물하다가 무기력하게 흘려보내곤 했다. 그렇게 아낀 돈을 천 원씩 만 원씩 아무렇게나 써서 월말이면 항상 생활비가 쪼들렸다.

거울을 산다고 가정해 보자. 화장할 때 쓸 거울이 필요해 가게에 간다. 나는 선크림을 매일 바르니까 적어도 하루에 두 번 이상은 볼 물건이다. 후보 A는 불투명 플라스틱 소재로 뒷면에 내 취향이 아닌 레터링 스티커가 붙어 있다. 받침대에 붙은 쇠붙이가 불안정하게 튀어나와 있어서 금방 헐거워질 것처럼 보인다. 여러모로 눈에 거슬리는 부분이 많지만 가격은 매우 저렴하다. 2천 원. 후보 B는 원목 소재로 마감이 매끄럽게 되어 있어서 만질 때마다 기분이 좋다. 크기도 적당하고 무엇보다 튼튼해 보인다. 하지만 거울치곤 좀 비싸다. 3만 원. '거울이 꼭 예쁠 필요가 있을까? 잘 보이기만 하면 되지.' 나는 후보 A를 선택한다. 그리고 가게를 나와 피자와 맥주를 사 먹는다. 3만 원.

내 방은 이렇게 사 모은 불만족스러운 물건들로 가득했다. 곰팡이가 핀 형광색 욕실 슬리퍼, 등받이 한쪽이 부러진 의자, 햄버거 먹고 사은품으로 받은 컵.

너저분한 것들로 채워진 방이 싫어서 툭하면 떠났다. 그 시절 내 SNS엔 잠시 빌려 쓴 공간, 그러니까 카페나 식당, 숙소를 찍은 사진만 잔뜩이었는데, 피드에 있는 예쁜 물건들을 보면 짠 음식을 먹은 후처럼 목이 말랐다. 그 불만족의 원인이 돈 쓰는 법을 몰라서였다는 건 시간이 꽤 흐르고 나서야 알았다.

밥그릇, 칫솔, 탁상 거울, 집에서만 쓰는 안경. 매일 쓰는 것이 아름다워야 일상을 긍정할 수 있게 된다. 언제까지 예쁜 카페나 근사한 숙소로, 비일상으로 도망칠 수는 없으니 일상을 가꿔야 한다.

나는 이제껏 반대로 살았다. '어디에 돈을 쓸 것인가' 갈림길에 섰을 때 사는 즉시 최대의 만족을 주는 것만 골라왔다. 질 좋은 이불을 사는 대신 하룻밤에 5만 원이 넘는 숙소로 가는 편을 택했다. 꼬질꼬질한 자취방에서 이불 하나 바꿔 봐야 티도 안 날 테니까.

언젠가 형편이 넉넉해지면 구질한 물건들은 싹 다 버리고 근사한 삶으로 건너가리라. 막연하게 생각했었는데. 아무래도 이번 생엔 어려울 것 같다는 생각이 들었다. 그렇다면 집을 짓는 제

비처럼 작은 만족을 주는 물건을 차곡차곡 모아야 하는 건 아닐까?

얼마 전 소품 가게에서 괜찮은 컵을 발견했을 때, 미리 정리해 둔 '돈에 대한 생각'을 얼른 꺼내 봤다. 매일 쓸 물건인가. 오케이. 충분히 아름다운가. 오케이. 조금 비싼 듯하지만, 더 저렴한 것을 찾을 수도 있지만, 내 기준에 부합하는가. 그렇다. 합격!

그날 산 컵은 침대 맡에 두고 매일매일 소중하게 사용하고 있다. 색감도 재질도 입술에 닿는 감촉도 모두 훌륭해서 볼 때마다 흐뭇하다. 이렇게 한 발자국씩 만족스러운 일상에 가까워지는 거라면, 이젠 제법 돈 좀 쓸 줄 아는 사람이 되었다고 자부해도 좋겠다.

별것 아닌 것 같지만 도움이 되는 작은 규칙

밥그릇, 칫솔, 탁상 거울, 집에서만 쓰는 안경.
매일 쓰는 물건이 예뻐야 한다.
그래야 일상을 긍정할 수 있게 된다.
언제까지 예쁜 카페나 근사한 숙소로,
비일상으로 도망칠 수 없는 노릇이니까.

기분 전환하려면 몇 시간이 필요할까

가만히 누워서 머리로만 괴로워하는 일이 많아졌다.

'아, 뭐라도 해야 되는데……'

가고 싶은 곳, 하고 싶은 일이 생기면 이동 시간부터 셈해 본다. '동인천에 있는 서퍼샵에 가 보고 싶다.→우리 집에서 동인천까지 최소 3시간은 걸릴 텐데.→다음 날 출근하려면 거기서 1시간 정도밖에 못 논다. 밤엔 밀린 글도 써야 하고.→고작 1시간 놀려고 그 고생을 할 순 없지.→그냥 집에서 쉬자.' 뭐 이런 식이다. 대학에 가면, 취직을 하면, 직장 생활에 적응을 하면. 미루고 미뤄 왔던 '나중'은 이런 게 아니었다. 퍽퍽한 음식에 끼얹는 들기름처럼 일상을 고소하게 만들어 줄 무언가를 한 스푼쯤 가지고 살고 싶었는데. 평일엔 건물 밖으로 나가기 어렵고, 주말엔 침대 밖으로 나가기가 어렵다. 그래서 일요일 오후 4시엔 대체로 무의미하게 주말을 흘려보냈다는 패배감에 사로잡혀 있다.

이 자괴감은 날씨가 좋아지면 더 심해진다. 봄만 되면 친구들과 이런 한탄을 나누곤 했다. 문밖엔 1년에 딱 한 번 피는 벚꽃이 한창인데. 우린 왜 누워만 있나. 예전엔 안 그랬던 것 같은데. 왜 이렇게 무기력할까. 늙어서 그런가. 평일은 그렇다 치고, 금요일 저녁부터 이틀 내내 잠만 자도 일요일 오후까지 절전 모드 해제가 안 되면 문제가 있는 게 아닐까. 의욕을 충전하는 단자가 영영 고장나 버린 건가. 누구도 뾰족한 답을 찾지 못한 채 메시지만 주고받다가 좋은 계절을 흘려보내곤 했다.

몇 년 전이었다면 이번에도 날 탓하고 말았을 거다. '넌 왜 이렇게 게을러? 다른 사람들은 직장 생활을 하면서도 의미 있는 시간을 잘만 보내는데. 엄살 아니야?'

서른 직전까지 나를 별로 좋아하지 않았다. 관심이 있었다면 따라다니면서 관찰도 하고 궁금한 건 묻고 가만히 눈 맞추는 시간도 보냈을 텐데. 나는 나를 둘러싼 것들, 그러니까 사랑, 성적, 외모 같은 데만 골몰했다. 상황이 여의치 않으면 스스로를 다그쳤다. 그렇게 나 자신과 대화다운 대화를 한 번도 하지 않은 채 이십 대 후반이 됐다.

최은영 작가의 소설집 『쇼코의 미소』는 다음과 같은 작가의 말로 끝난다.

십 대와 이십 대의 나는 나에게 너무 모진 인간이었다. 내가 나라는 이유만으로 미워하고 부당하게 대했던 것에 대해 그때의 나에게 미안하다고 말하고 싶다. 그애에게 맛있는 음식도 해주고 어깨도 주물러주고 모든 것이 괜찮아지리라고 말해주고 싶다.

그 페이지를 읽고 밤새 울었다. 처음엔 왜 눈물이 나는지도 몰랐다. 한참 울고 나서야 스스로에게 못되게 굴었던 구체적인 순간들을 떠올리며 반성했다. 나 또한 잘해 주어야 할 대상이라는 생각을 그날 처음 해 본 것 같다.

그 뒤론 나를 촘촘히 알아 가는 데 집중했다. 혼잣말이 부쩍 는 것도 아마 그즈음일 거다. 잘해 주려면 잘 알아야 하니까. 시간을 내어 나에게 자주 말을 건다. 언제 행복하고 언제 화가 나는지. 뭘 하면 만족스러운지.

이번 봄이야말로 어렵게 배운 나 자신과 대화하는 방법을 써먹을 때였다. 일단 무거운 몸을 일으켜 씻기고 깨끗한 옷으로 갈아 입혔다. 그리고 커피를 내리면서 몇 가지 다짐을 했다. '다그치지 말자', '그냥 들어 주자' 같은 것들. 우울한 친구를 달랠 때 늘상 해 오던 일. 하지만 그 대상이 나이기에 사뭇 새삼스러운 기분이 됐다.

나A: 힘들어 보여. 무슨 문제라도 있어?

나B: 사는 게 너무 버거워. 해야 할 일은 많은데 즐거운 일은 하나도 없어.

나A: 몸보다 마음이 더 지친 것 같네. 그럴 때일수록 잠깐 멈추고 기분 전환을 하는 게 좋을 텐데. 뭘 하면 기분 전환이 될 것 같아?

나B: 여기서 먼 곳으로 가고 싶어. 낯선 골목을 산책하면 확실히 좋아지는데. 사진도 찍고 맛있는 커피도 마시고. 책 읽고 일기 쓰면 행복해질 것 같아.

나A: 지금 제일 가고 싶은 곳이 어딘데?

나B: 제주도.

나A: 주말에 가자.

나B: 가 봤자 하루밤에 못 자고 와. 요즘 바빠서 휴가 쓸 상황이 아니야.

나A: (울컥) 하루 자고 오면 왜 안 돼? 한나절이면 산책도 하고 책도 읽고 사진도 찍고. 네가 하고 싶은 거 다 할 수 있는데.

나B: 비효율이잖아. 비행기까지 타고 가서 딱 하루 있다 오는 게. 아쉬워서 오히려 더 속상할 것 같아.

나A: 음, 그것보단 기분 전환도 못 하고 무기력한 채로 또 한 주를 보내는 게 더 비효율적이지 않아?

잠깐만. 아, 나는 좋아하는 순간이 계속되었으면 하는 마음에 그 순간을 아예 차단해 버리는 모순적인 행동을 하고 있었구나. 러닝타임 1시간짜리 행복은 아쉬우니까. 애당초 행복을 보러 가지 않는 것. 일요일 오후 4시에 일정을 시작하면 충분히 놀기 전에 집으로 돌아와야 하니까 차라리 아무것도 하지 않고 시간을 내버려 두는 것.

이제껏 왜 일상이 만족스럽지 않았는지 조금은 알 듯했다. 스스로를 잘 몰라서, 시간을 어떻게 써야 만족스러울지 몰라서, 오답을 골라 왔던 거다. 나를 살피는 데 게을리하면 이런 실수를 하게 된다. 그 사실을 모른 채 평생을 살 수도 있었다고 생각하니 갑자기 온몸에 소름이 돋았다.

이제라도 알았으니 이번 봄은 시간을 조금 다르게 써 보기로 한다. 완성도가 좀 떨어지더라도, 단 5분이라도 날 기쁘게 만들 수 있는 일이라면 일단 하고 봐야지. 예를 들어 마감이 코앞이어도, 미세먼지가 매우 나쁨이어도, 꽃샘추위로 턱이 덜덜 떨려도. 점심시간에 짬을 내서 꽃을 보러 가야겠다. 날씨, 장소, 사람 삼박자가 어우러진 벚꽃놀이는 유니콘과 같은 것이므로. 2퍼센트 아쉬운 뽀시래기 행복이라도 틈틈이 주워 둬야 한다.

☀ ☁ ☾

별것 아닌 것 같지만 도움이 되는 작은 규칙

단 5분이라도 날 기쁘게 만들 수 있는 일이라면 일단 하고 본다.
완성도가 좀 떨어지더라도 아무것도 안 하는 것보단 낫다.
마음 놓고 행복할 수 있는 상황은 좀처럼 주어지지 않으니까.
2퍼센트 아쉬운 뿌시래기 행복이라도 틈틈이 주워 둬야 한다.

10년 차 '일기인'이 전하는 일기 쓰기의 기술

가끔 내가 존재감 없는 반찬 같다고 생각한다. 멸치볶음, 미역무침, 진미채처럼. 메인 반찬으로 주목받기엔 다소 시시한 사람. 다행히 그런 내게도 딱 하나 비범한 면이 있긴 하다. 바로 매일 일기를 쓰는 사람이라는 거. 스무 살 때부터 쓰기 시작했으니, 올해로 일기를 쓴 지 10년이 넘었다. 많은 이들이 새해 목표로 일기 쓰기를 꼽고 대부분 실패하곤 하니까. 이 정도면 특기가 될 수 있지 않나 싶다.

M: 언니 진짜 대단하다. 어떻게 그렇게 매일 써? 나도 한번 써 보고 싶다.

나: 그냥 쓰는 건데. 별거 없어. 한번 해 봐. 너도 좋아할 거야.

M: 아냐. 난 못 할 거야.

나: (……) 그래? 그럼 안 해도 되지 뭐.

얼마 전 친한 동생과 만나 일기 이야기를 하다가 좀 찜찜하게 마무리됐다. 뭐라도 더 대꾸해 줄 걸 왜 그렇게 무뚝뚝하게 말했을까. 혹시 조언을 구하는 신호는 아니었을까. 아마도 그건 내가 매일 운동을 하는 친구에게 "어떻게 그렇게 꾸준히 운동을 해?"라고 묻는 일과 비슷한 것이었을 텐데. 친구가 나처럼 답했다면 왠지 서운했을 것이다.

아무래도 그게 계속 마음에 걸려 글로 못 다한 말을 대신한다. 잘 생각해 보니 일기 쓰기에 대단한 비결은 없지만, 10년간 쌓인 요령 정도는 말해 줄 수 있을 듯싶다.

1. 우선 마음에 드는 일기장을 찾자

실력 있는 목수는 연장 탓을 하지 않는다……고 하지만, 사람 마음이란 게 그렇지가 않다. 별 생각 없다가도 나에게 꼭 맞는 톱이 생기면 장작이라도 한번 잘라 보고 싶은 법. 일기 쓰기도 마찬가지다. 일기장이 예쁘면 딱히 쓸 말이 없어도 괜히 한번 펼쳐 보고 싶고, 스티커라도 붙이고 싶고, 카페에도 들고 나가고 싶어진다.

나의 경우 오랫동안 일기장 유목민으로 살았다. 학교 로고가 박힌 것부터 카페 다이어리, 만년 다이어리, 수제 노트까지 정말 안 써 본 게 없다. 그러다 4년 전 운명의 친구를 만났다. '미도리'라는 브랜드에서 만드는 이 노트의 이름은 '여행자의 노트(트레

블러스 노트)'다. 가죽 커버를 사서 속지를 바꿔 끼는 형식이라 먼
슬리를 쓰고 싶으면 먼슬리 속지를 위클리를 쓰고 싶으면 위클
리 속지를 넣으면 된다. 한 해 쓰고 마는 게 아니기 때문에 세월
이 흐를수록 손때가 묻어 근사해진다. 쓰면 쓸수록 정이 붙어
요샌 어딜 가든 들고 다닌다. 미도리가 망하지만 않는다면 평생
쓸 계획이다.

자꾸 펼쳐 봐서 귀퉁이가 낡아 버린 나의 갈색 일기장을 보니
문득 이런 생각도 든다. 100퍼센트의 일기장만 찾는다면 모두
가 의외로 쉽게 일기 쓰는 습관을 갖게 되지 않을까? 늘 1월 첫
째 주만 잠깐 깔짝이다 일기 쓰기를 포기해 왔다면 그건 일기장
이 우리의 마음에 들지 않았기 때문이다. 그러니 다들 (한 달 쓰고
말지언정) 새로운 일기장을 꾸준히 사 보길.

2. 동그라미라도 그린다는 생각으로

이경미 감독의 에세이집 『잘돼가? 무엇이든』에는 이런 대목이
있다.

쓰레기를 쓰겠어! 라고 결심하니 써지긴 써진다. 매일 다짐
해야겠다. 쓰레기를 쓰겠어!

일기를 쓸 때 나의 마음가짐도 딱 그렇다. 이 글의 독자는 오직

나 한 명뿐이므로. 재미도 의미도 없는 아무 말을 쓴다.

2017. 11. 29

세계는 귀찮음을 무릅써야 넓어진다. 나의 세계가 넓어지길
바라는 마음으로 귀찮음을 무릅쓰고 교보문고에 갔다. 피곤
과 추위에도 씩씩했던 나, 칭찬한다.

2018. 12. 5

현재 시각 pm 10:04. 일이 너무 많이 쌓여 있어서 평정심을
잃었다. 도저히 못 참겠어서 뛰쳐나가 세븐일레븐에서 맥주
한 캔을 사 마셨다. 취기가 도니 좀 낫네. 이제 다시 일해야지.

365일 중 300일은 이런 식이다. 에세이로 발전시킬 만한 통찰
이나 인생의 한 장으로 간직하고 싶은 소중한 에피소드도 가끔
있지만 드물다. 삶이 여행이라고 한다면 이 시시한 문장들은 하
루를 기억하기 위한 기념품쯤 될 테다. 해변에서 주운 소라 껍
데기처럼. 딱히 쓸모가 있진 않지만 나중에 보면 추억이 되는
조각들.
비문이라도 상관없고 동그라미 하나만 그려 놓아도 좋다. 점심
에 뭘 먹었는지, 편의점에서 뭘 샀는지 같은 건조한 기록이라도
괜찮다. 뭐든 없는 것보단 있는 게 나으니까. 오늘의 기념품을

남긴다는 생각으로 일기장을 채워 보시기를. 별것 아닌 것 같지만 먼 훗날 우리가 돌연 인생의 의미를 잃고 헤맬 때 확실한 도움이 될 것이다.

3. 일기가 어렵다면 주기부터

사는 게 바빠 일기 쓸 여유가 없다는 말. 이해한다. 피곤해서 화장도 못 지우고 자는데 하루의 끝에서 펜을 잡기란 당연히 어려운 일이다. 그럼에도 일기를 쓰고 싶은 생각이 있는 사람에겐 '주기'를 추천한다. 주기란 단어 그대로 일주일 단위의 기록을 남기는 방법이다. 나 또한 주중엔 맥주 마실 틈도 없이 바쁜(!) 주간지 노동자로 살아 왔으므로, 너무 바쁜 시즌엔 일기 대신 주기를 썼다.

매일 쓸 수 있는 만큼만 쓰고 나머지는 일단 빈칸으로 둔다. 그리고 비교적 여유로운 주말에 밀린 일기를 마저 쓴다. 그날 뭐 했는지 기억이 나지 않으면 메신저나 휴대폰 사진첩의 도움을 받는다.

평정심을 잃고 터지기 일보 직전인 상태일 때는 가끔 2주 넘게 아무것도 쓰지 않을 때도 있었다. 그럴 땐 '365칸이나 있는데 14칸쯤은 빈칸으로 두어도 괜찮잖아.' 하는 마음으로 넘어갔다. 무리하지 않아야 지속할 수 있으므로 죄책감을 갖는 일은 금지다.

마지막으로 일기 쓰기에 성공한 사람을 위해 일기 활용법을 공유하자면, 한 해를 마무리하며 연말정산을 하듯 그동안 쓴 일기를 다시 읽어 보시라. 나는 이런 상황에서 이런 기분을 느끼는구나, 이런 노래를 듣고 이런 책을 읽었구나, 계절마다 여행을 떠나기도 했구나. 손바닥만 한 일기장에 차곡차곡 모아둔 기록을 읽으면 별 볼일 없는 일상이 괜히 좋아질 것이다.

일기를 쓰면서 내 인생은 예전보다 더 단정해졌다. 해야 하는 일에 끌려 되는 대로 살다 보면 함정에 빠진 것처럼 막막해질 때가 있는데, 그런 순간마다 일기의 도움을 받았다. 그래서 나는 오늘도 일기를 쓴다.

10년 동안 쓴 일기는 책장 맨 위 칸에 모아 뒀다. 제일 좋아하는 만화 『어쿠스틱 라이프』 바로 옆 칸이다. 1권부터 빠짐없이 모은 만화책 전권 분량만큼 내가 쓴 일기가 쌓여 있는 걸 보며 먼 미래를 상상해 본다. 내가 몇 살까지 일기를 쓰게 될까? 할머니가 될 때까지 일기를 계속 쓴다면 아마도 지금보다는 훨씬 더 사려 깊은 사람이 되어 있을 텐데. 매일 일기 쓰는 할머니가 되고 싶다.

별것 아닌 것 같지만 도움이 되는 작은 규칙

오늘의 기념품을 남긴다는 생각으로 일기장을 채운다.
먼 훗날 우리가 돌연 인생의 의미를 잃고 헤맬 때
확실한 도움이 될 것이다.

잡생각이 많은 사람을 위한 취미 생활

"나 요즘 아무것도 안 해." 아르바이트만 세 개 넘게 하는 친구
A가 말했다. "나도 맨날 놀아. 노답임." 매일 토익 학원에 가는
친구 B가 지지 않고 말했다. "나도 진짜 생각 없이 살아. 완전
비생산적이야." 어제도 야근한 직장인인 내가 덧붙인다. 친구들
과 만나면 의도치 않게 '한심함 배틀'이 붙는다. 웃긴 건 우리가
월요일부터 금요일까지 꽉꽉 채워 사는 사람들이란 거다(고작 주
말 이틀 쉬면서 스스로를 나태하다고 평가하는 게 다시 봐도 이상하다).

생산적으로 산다는 건 뭘까. 일상을 충분히 책임지고 있음에도
왜 우리는 자책을 할까. 삼시 세끼 꼬박꼬박 챙겨 먹으면서, 잘
거 다 자고, 쉴 거 다 쉬고, 놀 거 다 노는 삶으론 왜 뿌듯해할 수
없는 걸까.

사실 우리라고 가져다 붙였지만 내 이야기다. 시간도 써 본 놈
이 쓴다고 평생을 쫓기며 살았더니 여유가 생기면 불안하다. 어
딜 가도 나보다 잘난 놈들은 있기 마련인데, 굳이 그들을 찾아

보면서 괜히 초조해한다.

출근하지 않는 주말에도 왠지 뭘 더 해야 할 것만 같은 기분이다. 정말 아무것도 안 해도 되나? 이러다 뒤처지는 거 아닌가? 몸은 쉬는데 머리는 복잡한 상태가 지속된다. 이러니 쉬어도 쉬는 기분이 안 들지. 내 생각에 비생산적이라는 자괴감에서 해방되려면 최소 투잡 이상은 가져야 할 것 같다.

나는 아무것도 안 하고 있는 상태를 못 견디는 인간이다. 멍하니 있는 것처럼 보일 때조차 틀림없이 잡생각을 하고 있다. 미래에 대한 걱정, 과거에 대한 후회, 시기, 질투, 미움, 기타 등등. 가만 보면 나는 스마트폰에 봉인된 채 침대에서 빈둥거릴 때 나쁜 생각을 제일 많이 한다.

죄책감 없는 주말을 위해 나는 꽤 오랫동안 취미를 찾아 헤맸다. 하지만 그 시간을 놀이나 쉼으로 받아들이는 게 쉽지 않았다. 관심이 가는 것들은 전부 내가 잘하고 싶은 분야의 일이었고, 잘하고 싶은데 잘하지 못했기 때문에 즐겁지 않았다. 재미로 시작한 일인데 정신을 차려 보면 어느새 '비교'라는 놈이 따라붙어서 안달을 내고 있었다.

이를테면 미술학원 선생님이 함께 수업을 듣는 누군가를 콕 집어 "OO 씨 그림 너무 좋다. 여기 있는 사람들 중에 제일 잘해요." 라고 말한 후부터는 괜히 내 그림이 초라해 보여서 학원에 가기가 싫어졌다. 그렇게 시작만 하고 접은 취미가 한 트럭이다.

그런 내가 요즘 주말마다 캠핑을 다니고 있다. 처음엔 김수현(남편 이름이다.)이 졸라서 마지못해 따라갔다. 솔직히 멀쩡한 집을 놔두고 왜 사서 고생을 해야 하나 싶었다. 그런데 막상 해 보니 의외로 적성에 맞았다.

일단 잡생각이 없어져서 좋았다. 캠핑을 해 본 사람은 알겠지만, 밖에서 자려면 꽤 부지런히 움직여야 한다. 텐트도 쳐야 되고, 불도 피워야 하고, 장작도 쪼개야 하고, 밥도 해 먹어야 한다. 끼니 사이에 설거지하고, 커피 끓여 마시고, 볕 좋은 자리 찾아 의자 펴고, 낮잠 한숨 자면 하루가 금방 간다. 다음 날 새소리 들으면서 일어나 "아, 공기 좋다!" 하고 아침 먹으면 집에 갈 시간이고. 제시간에 텐트를 철수하려면 또 움직여야 한다. 도무지 생각할 틈이 없다.

캠핑의 또 다른 큰 장점은 '잘' 할 필요가 없다는 거다. 제아무리 세상만사를 비교와 경쟁의 시각에서 보는 나라도, 캠핑장 안에선 비교할 건덕지를 찾을 수가 없다. 누가누가 불을 더 잘 피우나, 설거지를 빨리 하나 경쟁할 순 없는 노릇이니까.

그동안 내가 해 왔던 취미들은 능력의 차이가 명확히 보이는 것들이었다. 하지만 캠핑의 경우 조금 더 잘하고 못하는 게 큰 의

미 없는 활동이므로 무리하게 노력할 필요도 없고, 딱히 잘하고 싶지도 않다. 그냥 '하면' 된다. 유레카! 아주 어렸을 때부터 머리로만 꿈꾸던 '남 신경 쓰지 말고 내 할 일이나 하는' 게 이런 식으로 이루어지는구나!(물개박수 짝짝!)

예전에 '인생의 의미 같은 건 중요하지 않다'고 말해 준 사람이 있었다. 삶의 질은 다만 시간을 어떻게 때우느냐에 따라 결정된다고 했었다. 그 말이 이제야 이해가 된다. 아무것도 안 하면 쓸데없는 생각을 하느라 괴로운데 그렇다고 일만 계속 할 순 없으니까. 적당히 재밌게 할 만한 소일거리를 찾아야 된다는 뜻. 새로 찾은 소일거리 덕분에 아마도 당분간은 죄책감 없는 주말을 보낼 수 있을 것 같다.

P.S.
사실 주말 캠핑의 진짜 효능은 일요일 밤에 진가를 발휘하는데. 출근이 무서워 잠 못 드는 불면의 밤을 마법처럼 없애 준다. 평소 안 하던 운동을 한 덕분에 침대에 눕는 순간 잠이 쏟아지기 때문이다.

좋음의 흔적을 남겨요

1.

창작자 인터뷰에 빠지지 않는 질문 유형이 있다.

"댓글을 찾아 읽으시나요?"

그리고 가끔 이렇게 답하는 사람들을 본다.

"일부러 안 봐요. 그런 걸 신경 쓰다 보면 괴로워지더라고요."

"사람들 의견을 모두 수용하다 보면 저만의 개성이 사라지고 평범해지잖아요."

그런 단단한 태도가 부럽다. 아무리 욕을 먹어도 자신만의 방향으로 나아가는 아이폰처럼(!) 확고한 사람들.

물론 나는 그럴 주제가 못 된다. 프리미엄 창작자 사이에서 겨우 발을 붙이고 선 보급형 글쟁이답게 단 한 문장의 감상에도 연연한다. 글이 좋다는 댓글이 달리면 캡처해서 보관하고, 반응이 없으면 필요 이상으로 시무룩해하며 매번 적성을 의심한다.

사실 7년째 믿지 못하고 있다. 글 쓰는 일, 정말 내 적성일까? 겸

손해서가 아니라 호평을 받지 못하면 언제든 동그라미 바깥으로 내쳐지는 게 현실이다. 일은 취미 생활이 아니기 때문에. 자기 가치를 증명하지 못하는 사람에게 기회는 주어지지 않는다. 이번이 아니면 다음은 없다는 의미.

그래서 늘 일회일비하며 산다. 스스로에게 확신이 없음을 인정하는 꼴 같아서 시시하지만 어쩔 수 없지, 뭐.

2.

지금은 다른 일을 하고 있지만 작년까지는 종이 잡지 만드는 일을 했다. 우리 회사는 지난 20년 간 잡지를 발행해 전국 대학교에 배포해 왔고, 나는 이십 대 내내 거기서 글을 쓰며 보냈다.

대부분의 인쇄 매체가 그렇듯 우리도 폐간 직전까지 매일 고민했다. 기사가 유익했는지 아님 무의미했는지. 좋았다면 혹은 나빴다면 구체적으로 어떤 부분이 그랬는지. 알고 싶어서 늘 애가 탔다. 누군가 당장 다음 주라도 우리 잡지를 없앨 기세로, "요즘 세상에 활자를 읽는 사람이 있나요? 그렇다면 증명을 해 보세요."라고 몰아세웠을 때, "아직 종이만이 주는 경험을 원하는 독자들이 남아 있다."고 자신 있게 받아칠 수 있으면 좋으련만. 조회 수를 측정할 수도, 댓글을 받을 수도 없는 노릇이라 난감할 때가 많았다.

어느 해 겨울엔 지푸라기라도 잡는 심정으로 독자 간담회를 열었다. 매주 우리 잡지를 챙겨 본다는 고마운 독자 분이 계셔서, "저희가 A님 같은 분이 있다는 걸 어떻게 알 수 있을까요? 좋은 글을 읽었을 때 어디다 감상을 남기세요?"라고 물었더니 뜻밖의 대답이 돌아왔다. "마음속에 담아요." 그랬더니 반대편에 앉아 있던 분이 수줍은 목소리로 덧붙였다. "저는 일기장에 적어 둬요." 아아. 일기장과 마음. 너무나 종이 독자다운 감성이라 자리에 있던 모두가 머쓱하게 웃었던 게 기억이 난다.

돌이켜보면 독자 시절(여기서 일하기 전부터 나는 우리 잡지의 오랜 팬이었다.)의 나도 마찬가지였다. 어떤 글을 읽고는 너무 감동해서 눈물까지 찔끔 흘렸지만, 혼자만의 감상이었을 뿐 어디다 딱히 표현하진 않았다. 아마 그 글을 쓴 사람은 자신의 글이 독자에게 어떤 평가를 받는지 증명하지 못한 채 곤경에 빠졌을지도 모른다. 어쩌면 회의감을 이기지 못하고 그만둬 버렸을지도.

3.

어쩌다 예술가도 노동자도 아닌 애매한 창작자가 되어 버렸을까. 솔직히 내가 만들어 낸 결과물과 나 자신을 구별하지 못한다. 머리로는 '거리를 두어야지.' 생각하면서도 막상 나의 글이 외면당하면 공개적으로 차이기라도 한 것처럼 수치스러워진다. 대단한 글은 아니지만 어쨌든 나의 일부니까. 이렇게 공들여 쓴 글은 한 편에 얼마쯤 되려나. 보통 원고지 한 장 분량의 글을 쓰면 많이 받아야 만 원을 벌 수 있는데, 나처럼 쓰기를 어려워하는 사람이 원고지 한 장을 채우려면 한 시간이 넘게 걸리니까⋯⋯.

4.

게 마음 알아주는 건 가재라고 요즘은 책을 읽든 유튜브 영상을 보든 작품 건너편의 사람을 생각한다. 백지장에 시간과 건강을 쏟아부은 안쓰러운 이들에게 "힘드셨죠? 수고 많으셨어요."라고 내적 하이파이브를 보낸 뒤, '좋음의 흔적'을 열심히 남긴다. 로그인하기 귀찮지만 '좋아요'도 누르고 "OO 님 영상 맨날 봐요." 댓글도 단다. 이렇게라도 다들 용기를 얻었으면 좋겠다. 내일도 모레도 당분간은 미세먼지뿐인 우리에게 이런 즐거움이라도 있어야지.

5.

이 자리를 빌려 매번 좋아요와 댓글로 제 애매한 창작 인생에 곡기를 넣어주는 독자 분들. 정말 감사합니다. 그 좋음의 흔적을 딛고 회의감을 건널 수 있었어요.

별것 아닌 것 같지만 도움이 되는 작은 규칙

'좋음의 흔적'을 열심히 남긴다.
로그인하기 귀찮지만 '좋아요'도 누르고
"OO 님 영상 맨날 봐요." 댓글도 단다.
백지장에 시간과 건강을 쏟아부은 안쓰러운 이들에게
내적 하이파이브를 건네는 것이다.

우리 동네를 늘려가는 일

얼마 전 회사 사무실이 이전한다는 소문을 들었다. 소문은 팀장님이 올린 짧은 공지문으로 기정사실이 됐다. 건조한 메시지엔 원남동 사무실은 2월 중 정리할 것이며, 3월부터는 공덕동으로 출근하면 된다고, 자세한 내용은 결정되는 대로 알려 주겠다고 적혀 있었다.

이야길 듣고 사람들은 수학여행을 앞둔 아이들처럼 신나 했다. 거기 가면 맛있는 것도 많고 홍대도 가깝고 너무 좋겠다며 미리 답사를 가 보자는 이야기도 나왔다. 맞아. 다들 여기 별로 안 좋아했었지. 지금 사무실이 있는 종로구 원남동은 교통도 불편하고 세련되지도 않은 동네라 인기가 없었다. 유일한 장점이라면 창덕궁과 창경궁, 그리고 종묘에 둘러싸여 있다는 건데, 덕분에 지하철역에서 아주 멀리 떨어져 있었으므로 지각을 면하기 위해 헐레벌떡 뛰어다니느라 궁의 아름다움을 즐기기 어려웠다.

그 소란한 와중에 나는 괜히 시무룩해졌는데, 마지막이라는 단

어만 붙으면 전에 없던 마음도 빵처럼 부풀어 오르는 병에 걸린 탓이었다. 평소에 이 동네를 특별히 좋아하지도 않았으면서 공연히 의미를 붙여 센티해져 버리고 만 것이다(저런).

타의에 의한 이사의 기억은 초등학교 때로 거슬러 올라간다. 어른들은 아이와 이사 문제를 상의하지 않기 때문에 열한 살의 나는 이사 직전에 동네를 떠나야 한다는 소식을 통보받았다. 전학을 가야 한다는 비보도 함께. 나는 당시 짝꿍과 요즘 말로 하면 썸을 타는 중이었으므로 날벼락 같은 이야길 듣고 울먹였다. 마지막 날 그 친구가 자기 부모님이 운영하는 인형 뽑기 기계에서 몰래 꺼내 온 토끼 인형을 선물로 줬던 게 아련한 추억으로 남아 있다.

다시 사무실 이사 이야기로 돌아와서, 알게 모르게 나는 이 촌스러운 동네에 꽤 정을 붙이고 있었다. 반만 열리는 창문 사이로 보이는 창경궁의 나무들. 점심시간마다 들리는 종묘 담벼락 산책로. 계절마다 다른 각도로 드리우는 탕비실의 노을. 또 런천미트를 예술로 굽는 밥집이며 습관처럼 찾던 카페와 세상에서 제일 맛있는 핫도그를 파는 포장마차까지. 매일 봐서 눈에 익은 풍경들을 잃는단 생각을 하니 청승맞게도 슬퍼졌다. 어린 시절 원치 않는 이사를 통보받았던 그때처럼.

동네를 떠나기까지 남은 시간은 두 달쯤. 이제라도 차근차근 이

별 준비를 해야겠다는 생각이 들었다. 떠나기 전에 4년 동안 정붙였던 장소들을 한 번씩이라도 더 눈에 담아 두어야지. 결심이 선 뒤로는 퇴근 후에도 주말에도 곧잘 이 동네로 와서 놀았다. (이사 소식을 듣기 전까지는 출근하는 날이 아니면 절대로 회사 주변에서 놀지 않았다.) 마침 연말이라 송년회를 핑계로 사람들을 자주 부를 수 있어서 다행이었다.

그날도 친구를 데리고 종묘 담벼락 아래 맥줏집으로 가는 중이었다. 번화가를 두고 왜 굳이 이런 구석에서 만나야 하냐고 투덜대는 친구에게 정말 엄청난 곳이라고 허풍을 떨고 있었는데…… 발밑으로 정말 엄청난 게 스쳐 지나갔다. 흡사 멧돼지 같기도 곰 같기도 한 뒷모습의 괴생물체. 친구는 소리를 지르기 시작했다. "저게 뭐야? 개야 고양이야? 설마 돼진가!" 나도 덩달아 흥분해서 외쳤다. "그……글쎄! 일단 고양이라기엔 너무 뚱뚱한데." 두 여자가 호들갑을 떠는 사이 '괴생물체 님(?)'은 유유히 풀숲으로 이동하는 중이셨는데, 우리가 자기 뒤통수에 대고 "너 누구니?"라고 거듭 외치자 귀찮은 듯 고개를 돌려 얼굴을 보여 주었다. "너구리?!"
맥줏집에 도착한 후에도 우리의 흥분은 가라앉지 않았다. "방금 서울 한복판에서 뭘 본 거지? 궁에 너구리가 산다는 얘길 듣긴 했는데. 근데 원래 너구리가 저렇게 뚱뚱했나? 콧구멍도 돼지처럼 생겼던데. 혹시 진짜 괴생물체 아냐? 영화 〈괴물〉에 나오는 것처럼?" 나보다 조금 더 현명한 친구가 포털 사이트를 켜서 1분 만에 의문을 해결했다. "아, 뭐야. 오소리였네." 친구의 휴대폰 화면엔 아까 본 개와 똑같이 생긴 애들이 잔뜩 떠 있었다.

늘 그렇듯 예정보다 많은 맥주를 마시고 집으로 돌아가는 길. 오소리를 보며 소란 떨던 장면이 자꾸 떠올라 택시 안에서 혼자 피식피식 웃었다. 문득 이런 생각도 들었다. 서울 사람 중에 오소리가 어떻게 생겼는지 아는 사람이 몇 명이나 될까? 궁 근처에서 지낸 덕분에 나는 오소리의 생김새를 아는 사람이 됐구나. 그러고 보니 종묘 돌담길엔 오토바이가 자주 지나다녀서 산책하기엔 그다지 적합하지 않다는 것과 이 동네에 길 잃은 외국인이 많다는 사실도 여기로 출퇴근하기 전까지는 까맣게 몰랐지. 이 시절이 없었다면, '궁 안엔 늙은 나무가 많아서 멀리서 보면 작은 숲처럼 보인다.'는 사실을 평생 발견하지 못했을 테다. 4년간 일주일에 다섯 번씩 출근 도장을 찍은 덕분에 마치 여기 살았던 사람처럼 이 동네를 잘 알게 됐다. 괜히 거창하게 말해보자면 원남동이 나의 일부를 이루고 있는 것이다.

가장 자주 만나는 사람이 우리의 인생을 결정한다는 말이 있다. 그렇다면 가장 자주 가는 동네가 인생에 끼치는 영향 또한 만만치 않겠다 싶다. 살면서 몇 개의 '우리 동네'를 더 가지게 될까.

건물주의 마음에 따라 이 동네 저 동네 전전해야 하는 세입자는 아무것도 계획할 수 없지만 이것만은 분명한 것 같다. 동네가 바뀔 때마다 다른 색의 경험들이 내 안에 차곡차곡 쌓일 거라는 거. 그렇게 생각하니 이곳을 떠나는 일이 덜 쓸쓸하게 느껴진다. 이사 때문에 영영 헤어지는 것이 아니라 마음을 붙였던 존재들이 내 안 어딘가에 남아 있다는 뜻이니까. 아, 방금 내가 생각해도 좀 씩씩했다. 이런 게 바로 이사 통보에 대처하는 어른의 자세인가.

아이스크림을 먹어야만 행복해질 수 있는 걸까

앞에서 했던 말은 취소다. 아무리 어른이라도 원치 않는 이사를 담담하게 받아들일 순 없다. 이사 날짜가 다가오면서 나는 급격히 시무룩해졌다. 집에서 직장이 멀어지는 것도 싫고(출퇴근 시간이 왕복 1시간 정도 길어졌다), 빌딩 숲속에서 밥까지 경쟁해 가며 먹기도 싫고(사무실 밀집 구역이라 웬만한 식당은 줄을 서서 먹어야 한다), 무엇보다 이사를 가면 지금보다 더 많은 사람들과 한 층을 함께 써야 한다는 사실이 갑갑했다. 이사가 구체화될수록 나쁜 예감만 강해졌다. '나는 이 변화를 좋아하지 않을 것이 분명하다.'
본격적인 이사 업무, 그러니까 사무실에 4년간 쌓여 있던 짐을 싸고 버리고 옮기는 일을 하면서 내 기분은 시무룩에서 짜증으로 번졌는데. 사무실 이사란 정말 보통 일이 아니었기 때문이다. 20년 동안 매주 한 권씩 꼬박꼬박 만들어 낸 잡지 수백 권부터 책장을 가득 채운 각종 참고 도서와 망가지면 큰일 나는 비싼 촬영 장비들까지. 마음대로 처분할 수도 없는 방대한 양의

짐을 일일히 포장하고 옮기려니 우선 체력적으로 지쳤다. 그 와중에 주간지 마감은 여지없이 다가와서 흠씬 두들겨 맞은 듯한 몸 상태로 밤늦게까지 노트북 앞에 앉아 있어야 했다.

원남동 사무실에서 마지막 야근을 하고 나니 저녁 8시. 김수현(남편이자 직장 동료이자 출퇴근 메이트)과 나는 집으로 돌아가지 않고 공덕동 새 사무실로 향했다. 보나마나 다음 주도 짐 풀 새 없이 바쁠 게 뻔했으므로. 각자의 자리라도 미리 정리해 두는 게 나을 것 같아서였다. 두통과 배고픔을 참아 가며 자발적 야근을 하고 있으니 나도 모르게 울상을 짓고 있었나. 오랜 연애를 통해 제법 신통한 빅데이터를 갖게 된 김수현이 밥을 사주겠다고 나섰다. 덕분에 사무실에서 우는 꼴은 간신히 면할 수 있었다. (나는 배고프면 이상하게 눈물이 난다.)

뭐 대단한 걸 먹으려던 건 아니었고, 이 동네에 뭐가 있는지 아직 잘 모르니 그냥 보이는 곳 아무 데나 들어가서 허기나 면하려는 심산이었다. 그런데 그만…… 뜬금없이 신나 버렸다. 선택지가 너무 많았다. 카페, 빵집, 백반집, 중국집, 꼬치구이집, 만두집, 수제 맥줏집, 이탈리안 레스토랑. 셀 수 없이 다양한 가게가 우리 사무실의 책들처럼(빠직) 빽빽하게 늘어서 있었다. 맞다. 서울의 번화가란 이런 거였지. 걸어서 5분 거리에서 원하는 모든 것을 살 수 있는 거! 우리는 도시의 근사함에 새삼 감탄했다. 서울에 살고 있지만 서울 같지 않은 변두리 동네만 전전한 탓에 잊고 있었던 서울의 맛이었다.

우리는 영자 언니가 극찬했던 김치찌개 맛집에서 밥을 먹고, 공덕 동의 핫플레이스로 떠오르는 카페에서 커피와 빵을 산 다음 몇 주 간 하지 못했던 생필품 쇼핑까지 마치고 사무실로 돌아왔다.

"이러고 있으니까 꼭 여행 온 기분이야. 여기 오키나와 국제거리 같지 않아? 볼 것도 많고 호텔도 있고." 한껏 신난 목소리의 내가 말했다. "그러게. 공덕도 나쁘지 않네. 근데 이거 '깨 햄버거 이 론' 아냐?" 초코 크로와상을 먹던 김수현이 의미심장하게 답했 다. "맞네, 깨 햄버거." 몇 주간 뾰로통했던 게 머쓱할 정도로 기 분이 완전히 풀어진 나는 깔깔 웃으며 아이스커피를 마셨다.

'깨 햄버거 이론'은 5년 전 대구행 KTX에서 만들어졌다. 우리 옆 자리에는 1초에 한 번씩 아이스크림이 먹고 싶다고 조르는 아 기와 불행히도 아이스크림이 아닌 햄버거를 사 버린 엄마가 앉 아 있었다. 아기는 엄마가 햄버거를 까서 입에 넣어주기 직전까 지 "아이스크림~ 햄버거 말고 아이스크림~"이라며 완강히 거부 했는데, 햄버거를 한 입 먹고는 더이상 아이스크림을 찾지 않았 다. "맛있네? 이거 깨 햄버거(빵 위에 붙은 깨를 말하는 듯)야? 깨 햄 버거 좋아!"

나는 종종 그날 KTX에 탔던 아기같이 굴곤 한다. 이미 결정되 어 받아들이는 것말고는 뾰족한 수가 없는데도 무조건 싫다고

심통을 부린다. 사실 난 작은 것에도 크게 만족하는 소박한 사람이라, 막상 먹어 보면 깨 햄버거라며 좋아할 텐데도. 아이스크림이 아니면 큰일이 날 것처럼 지레 기분을 망치는 일이 잦다. 이번 이사 사건처럼.

사람마다 인생의 목적이 다 다르겠지만, 내 인생의 목적은 행복이다. 그럼 어떻게 해야 행복해질 수 있을까? 아이스크림을 먹어야만 행복해질 수 있는 걸까? 이미 햄버거를 사서 기차에 타 버렸다면?
물론 모든 위험을 감수하고서라도 기어코 아이스크림을 손에 넣어야만 행복해지는 사람도 있겠지. 대부분의 상황에서 나는 아니었다. 처음에 원하던 건 아니었지만 햄버거도 그럭저럭 괜찮았다. 없는 아이스크림을 조르며 우는 것보단 햄버거를 맛있게 먹는 편이 나를 더 행복하게 만들어 줬다.

자, 그럼 이제 앞으로 어떻게 해야 할지 대충 감이 잡힌다. 근사한 도심에서 온갖 맛집과 핫한 카페를 섭렵하며 직장 생활을 즐겨 봐야지. 참, 이 근처에 수제 맥주를 테이크아웃해 준다는 가게가 있다던데…….

Book shop

2f

open

bouquiniste books

월급날엔 서점에 간다

요즘 말로 플렉스, 과소비를 했을 때의 즐거움을 사실 잘 모른다. 한 접시에 2만 원이 넘는 메뉴를 시키면서 문득, 모처럼 발견한 마음에 쏙 드는 원피스를 손에 쥐고 불현듯 죄를 지은 것처럼 찜찜해 한다. 아니 소비 사회에서 소비를 하면서 죄책감을 느끼다니. 이거 정말 바보가 아닐까. 돈 쓰는 재미도 모르는 놈이 무슨 수로 인생의 재미를 알겠어.

아이러니한 점은 돈 쓰는 게 무섭고 힘들다면서 딱히 절약을 하지도 않는다는 거다. 마음으론 죄책감을 느끼면서 돈은 돈대로 쓴다. 가만 보면 나는 '산다는 것' 자체에 괜히 죄책감을 느끼는 사람 같다. 중의적인 의미에서 여러모로 그렇다.

내가 유일하게 가벼운 마음으로 돈을 쓸 때는 월급날 서점에서 책을 살 때다. 책에 쓰는 돈은 어쩐지 아깝지가 않다. '쓰는 사람이 되고 싶지만 실은 읽는 데 더 큰 재능을 가진 사람'이 가진 일종의 콤플렉스 같기도 하지만. 어쨌거나. 죄책감이 느껴지지 않는다는 게 중요하다.

책을 '사서' 보는 사람이 되기를 오랫동안 꿈꿨다. 예전에 누가 성공의 척도가 뭐냐고 물었을 때, '사고 싶은 책을 통장 잔고 걱정 않고 사는 것'이라고 답한 적도 있다. 단순히 책을 '읽고' 싶은 거였다면 도서관에서 빌리는 방법도 있었겠지만, 나는 빌린 물건으로는 하면 안 되는 일들을 하고 싶었다. 마음에 드는 구절에 밑줄을 긋거나, 한 페이지만 찢어서 따로 보관하거나. 친해지고 싶은 사람에게 내가 재밌게 읽던 책을 선물하길 바랐다. 그렇게 하기 위해서는 책을 살 경제적인 능력이 있어야 했다.

월급날 서점에 가는 습관이 생긴 건 입사 2년 차쯤 되었을 때다. 입사한 첫해에는 그런 라이프스타일을 꾸릴 만한 여유가 없었다. 월급날의 특별함은 사무실에 은은하게 퍼지는 들뜬 분위기 속에서 자연스럽게 배웠다. 직장인에게 월급날이란 한 달에 한 번 돌아오는 생일 같은 거구나. 다들 월급날엔 뭔가 특별한 걸 하나씩 하는구나.

"우리 오늘은 맛있는 거 먹고 좋은 데서 커피 마실까요?" 평소답지 않은 다정한 말들을 주고받은 덕분에 모처럼 산뜻한 마음으로 퇴근할 수 있던 어느 월급날. 약속은 없지만 그냥 집에 들어가긴 아쉬워서 광화문 교보문고에 들른 게 시작이었다. 당시 내

자동에 있던 우리 회사에서 걸어서 20분이면 광화문 교보문고에 닿을 수 있었다.

적지 않은 사람들이 광화문 교보문고를 서울에서 가장 좋아하는 장소로 꼽고 나 또한 그렇다(너무 흔한 취향이라 있어 보이진 않지만 흔하다고 해서 좋아하는 걸 좋아하지 않는다고 할 순 없는 노릇이니까). 이 회사를 다니기 전부터, 서울에 살기 전부터 나는 광화문 교보문고에 자주 갔다. 달라진 점이 있다면 책을 사면 밥을 굶어야 하는 상황에서 벗어났다는 것. 어엿한 직장인이 되어 책도 사고 펜도 사고 밥도 먹고 커피까지 마실 수 있게 됐다. 이 공간에서는 그런 것들에 새삼스레 감사하게 된다.

서점에 들어가면 제일 먼저 도서검색용 기계를 찾아간다. 책 제목을 입력하면 책이 꽂혀 있는 장소가 프린트되어 나오는 게 매번 재밌다. 보물지도를 뽑는 기분이다. 월급이 나오기만을 벼르며 위시 리스트에 적어 둔 책을 모두 찾은 뒤엔 신간 코너로 간다. 거기서 눈길을 사로잡는 책을 몇 권 더 고른다. 그리고 마지막으로 잡지 코너로 이동해서 애틋한 마음(너희는 아직도 애쓰고 있구나!)으로 종이 잡지 몇 권을 더 집는다. 이걸 다 사면 얼마를 내야 할지 셈하지 않고 양껏, 아무것도 포기하지 않는 게 월급날 서점 나들이의 포인트다.

저녁은 서점 푸드코트 안에 있는 회전 초밥집에서 해결하는데,

그때가 바로 스스로를 야무지다 여기는 몇 안 되는 순간이다. 단정하게 앉아서 새로 산 책을 보며 우니 초밥 두 접시, 생새우 초밥 한 접시, 감자 말이 새우 한 접시 해치우고, 유유히 카드 긁을 때. 내가 뭘 원하는지 어딜 가면 그게 있는지 정확히 알며 그걸 취할 능력도 있는 어른이라 기쁘다. 그때 반짝 야무지고 나머지 인생은 겁쟁이로 지내는 게 함정이지만.

나의 최애 만화 『어쿠스틱 라이프』 13권엔 이런 장면이 나온다. 다섯 살 어린이 쌀이가 묻는다. "엄마는 왜 안 울어?" 아이의 질문에 엄마 난다는 이렇게 답한다. "어른들은 울고 싶을 때 스스로 맛있는 걸 사 먹을 수 있기 때문이란다."
한 달에 한 번 스스로에게 잘해 줄 수 있는 능력 있는 어른이라 다행이다. 어쩌면 나는 그 사실 하나로 일하면서 겪는 온갖 종류의 수치를 견디고 있는 건지도 모르겠다.

나와 합이 잘 맞는 장소를 찾는 법

사실 나는 '제주 만능주의' 인간이다. 핑곗거리가 생기면 이때다 싶어 그 섬으로 뽀르르 달려간다. 가령 이런 식이다. 요즘 좀 무기력하네.→제주도에 가야겠다. 가을이 오니 괜히 싱숭생숭하군.→제주행 티켓을 끊자. 입맛이 없네.→제주! 근 몇 년간 못해도 계절마다 한 번씩은 제주로 떠났고, 몇 년 전에는 한 달 넘게 조용한 마을에서 혼자 머물기도 했다. 아마 올해가 지나기 전에 두어 번은 더 가게 될 것이다. 누가 '도대체 제주가 왜 그렇게 좋으냐'고 물으면 이렇게 답하고 싶다. 제주는 나와 '합'이 잘 맞는 섬이라고.

언제부턴가 장소와 사람 사이에도 합 같은 게 있다고 믿게 됐다. 어떤 곳에서는 신이 돕는 게 아닐까 싶을 정도로 모든 일이 술술 풀렸고, 또 다른 장소에선 여기에 전생의 원수가 사나 싶게 크고 작은 불행이 따랐다. 심지어 합이 좋은 장소에서는 예상치 못한 불운을 만나도 한편으론 웃을 일이 생기곤 했다(폭설로 고립됐는데 숙소 사람들과 뜻밖의 우정을 쌓게 된다든가!). 나는 그 운명 같은 우연을 '장소 궁합'이라고 부른다.

길을 헤매다 예정 없이 닿은 골목에서 너무도 내 취향인 맥줏집을 발견했던 일, 해변에 앉아 있다가 소녀 같은 할망에게 그 마을에서 가장 아름다운 산책로를 추천받았던 일, 1시간에 한 번 오는 버스를 놓치고 절망하고 있을 때 나를 숙소까지 데려다줄 천사를 만났던 일까지. 페이스트리처럼 한 겹 한 겹 견고하게 쌓인 다정한 시간들은 분명하게 말하고 있었다. 구공년 백말띠 여행자 김 씨와 제주 아일랜드는 백년해로할 궁합이라고.

한동안 술이 조금 오른다 싶으면 옆에 앉은 사람들에게 장소 궁합을 점쳐 보자고 졸랐다. 그리고 착한 내 친구들은 엉터리 사주박사 같은 말에 기꺼이 동조해 줬다. "오키나와 자마미섬이랑 나는 찰떡궁합이야. 갈 때마다 청춘영화 한 편씩 찍고 와." "난 일본 시골 마을이랑 잘 맞나 봐. 거기서 귀여운 할머니들을 잔뜩 만났어."

다들 신나서 자기만의 장소를 자랑하는 사이, 어쩐지 풀이 죽어 보이는 한 사람이 있었으니…… 긴 유럽 여행에서 돌아온 지 얼마 안 된 H였다. 자긴 유럽과는 잘 안 맞는 것 같다고 했다. 만나는 사람마다 별로였다고. 밤새 재즈 지식을 자랑하던 독일 남자나 H를 고용된 스냅 사진작가처럼 대하던 일행뿐만 아니라, 지나가는 인연 하나까지 묘하게 적대적인 느낌이었다고. 그날 평소답지 않게 시무룩했던 H가 혼잣말하듯 덧붙인 이야기는 꽤 의미심장했다. "어쩌면 내가 문제였는지도 몰라. '여기 들인 시간이랑 돈이 얼만데!' 싶어서 나도 모르게 쩨쩨하게 굴었거든. 원래 여행에선 손해도 보고 낭비도 해야 멋인데."

그날 밤 나는 반농담조로 건넸던 주제, 장소 궁합에 대해 사뭇 진지하게 생각해 봤다. 그러고 보니 나도 외국에 갔을 때 H와 비슷한 감정을 느낀 적이 있었다. 무리해서 떠난 여행이었기 때문에 뭘 해도 본전 생각이 났다. 조금만 일정이 틀어져도 속상했고, 동행 일정 맞춰 주느라 쓴 시간이 아까워 죽을 것 같았다. 구글맵을 켜고 카페 하나, 밥집 하나에 전전긍긍하며 유난 떠는 내 모습은 내가 봐도 별로였다. 보기 싫은 내 모습이 남아 있는 그곳은 그렇게 나와 궁합이 맞지 않은 장소로 낙점됐다.

여러 사람의 다른 듯 비슷한 장소 궁합 풀이를 종합해 본 후에 나는 무언가를 짐작하게 됐는데, 바로 장소 궁합은 '그곳에서 내 모습이 어땠는지'에 큰 영향을 받는다는 것이었다. 우리는 '내가 좋아하는 나'를 만나기 위해 여행을 떠나고 있었다. 순수한 몽골 사람들처럼 맑아진 나, 일본 시골 할머니의 속도에 맞춰 행동하는 사려 깊은 나, 북유럽 사람처럼 담백한 일상을 보내는 나. 성공한 여행 서사에는 어김없이 내가 좋아하는 내 모습이 등장했다. 어떤 장소를 거듭 찾아가는 이유도 실은 거기에 데려다 놔야만 나오는 자신의 좋은 면을 보기 위해서인 것 같았다.

가만히 생각해 보면 나도 제주가 아니라 제주에 있는 나를 사랑하는 것일지도 모르겠다. 원피스가 더러워지건 말건 아무 데나 주저앉아 맥주를 마시는 나. 버스를 놓쳐도 일정이 꼬여도 허허 웃고 마는 둥근 성격의 나. 그 섬에만 가면 시간이 아주 많고 산뜻한 사람으로 지낼 수 있었다. 5만 원짜리 항공권 한 장으로 궁상스러운 일상에서 벗어나 내가 꿈꾸던 모습에 닿을 수 있다는 게 때론 마법처럼 느껴지기도 했다. 그래서 그토록 자꾸만 가고 싶었나? 내가 봐도 좋은 사람인 나와 그런 내 모습을 좋아해 주는 이들이 있어서.

가끔 나 자신이 싫어지곤 한다. 사는 게 너무 바쁘고 괴로워서 숨 쉬듯 한숨을 뱉고 아무렇게나 짜증을 내다 보면 문득 두려워진다. '이렇게 별로인 채로 영영 굳어 버리면 어쩌지?' 그렇게 스스로를 괴롭히는 바보짓을 여러 밤 반복하고 나서야 도망치듯 제주로 떠났었는데, 앞으론 좀 더 현명하게 대처할 수 있을 것 같다. 신호를 받은 즉시 나와 합이 좋은 곳으로 떠날 테다. 그리고 내가 좋아하는 나를 만나 예쁘게 웃을 거다.

별것 아닌 것 같지만 도움이 되는 작은 규칙

가끔 나 자신이 싫어지곤 한다.
'이렇게 별로인 채로 영영 굳어 버리면 어쩌지?'
스스로를 괴롭힐 신호가 올 때면
괜한 고집부리지 말고 나와 합이 좋은 곳으로 즉시 떠나야겠다.
그리고 내가 좋아하는 나를 만나 예쁘게 웃어야지.

나에게만 의미 있는 예쁜 쓰레기 같은 얼룩들

"아무것도 모르면서!"는 내 말버릇이다. 말이 안 통하는 상황을 만나면 농담 반 진담 반으로 외친다. "뭐라는 거야! 아무것도 모르면서!" 실제로 나는 많은 폭력이 몰이해, 모름에서 온다고 믿는다. 뜻하지 않게 뭔가를 해쳤거나, 망가뜨렸다면 내가 무언가를 이해하지 못했다는 뜻이다.

비슷한 맥락에서 나는 나를 잘 모르기 때문에 자주 나를 해친다. 이 사실도 오랫동안 모르고 있다가 몇 년 새에 겨우 알게 됐다. 그래서 덜 다치기 위해 시간이 남을 때마다 나에게 관심을 준다. 지난 일기도 다시 읽고, 사진첩도 뒤져 보고, 플레이 리스트도 점검하면서.

다른 사람들이 운동이나 영어 공부를 하면서 자기 관리를 한다면, 내 방식의 자기 관리는 섬으로 도망 와서 맥주를 마시며 나를 관찰하는 것이다. 약속 시간이 5분 남았을 때 쓸데없이 초조해하는군. 맑은 하늘보다 구름 낀 하늘을 더 좋아하는군.

이런 사소한 조각들은 시간을 들여 살피지 않으면 보이지 않는다. 예전엔 마냥 기다렸다. 누군가 나를 자세히 봐 주고, 시답잖은 얼룩들을 발견해 주길. 근데 요런 종류의 얼룩은 너무 작고 희미해서 자기 눈에만 보이는 거더라고.

오늘은 '제비상회'라는 이름의 귀여운 술집에서 새우 요리를 안주 삼아 반주를 하다가 두 가지 얼룩을 발견했다.

하나는, 좋아하는 맥주가 바뀌었다는 사실. 예전에 토익 스터디를 함께 하던 오빠가 "혜원이는 마음이 새까매서 맥주도 흑맥만 마시는구나."라고 장난을 쳤었는데, 별거 아닌 말이 마음에 얹혀서 이후로 시위하듯 흑맥주만 마셨다. (아직도 의문이다. 대체 어떻게 알았지? 별로 친한 사람도 아니었는데.) 물론 발단이 그랬다는 것이고, 워낙 오래된 일이라 지금까지 흑맥주를 고집한데에 특별한 감정이 있는 건 아니었다. 그러다 최근에 갑자기 '왜 내가 흑맥주에 얽매여 있지?'라는 생각이 들어 이것저것 다양하게 마시다 보니 흑맥주보다 에일맥주를 더 즐기게 됐다. 그리고 맥주 마니아답게 좋아하는 맥주의 빛깔을 따라서 마음도 조금 맑아졌다.

나머지는 맥주를 마시는 사소한 습관에 대한 건데, 나는 맥주 잔에 빈 공간이 생기는 걸 못 참더라. 한 모금 마시고 채워 넣고 또 한 모금 마시고 쪼록 붓고. 언제나 그득 찬 상태를 선호

한다. 그리고 (역시나) 맥주 마니아답게 마음도 언제나 그득 차 있기를 원한다. 그래서 남들보다 금방 바닥이 보인다.

이 글은 제주 서쪽 조용한 마을 판포리의 한 숙소에서 썼다. 별 것도 아닌 글이지만 이거 한 편 완성하는 데도 (늘 그렇듯) 꽤 긴 시간이 필요했다. 휴가 내고 제주도까지 와서 왜 밤새 글을 쓰고 있는 걸까. 누가 시킨 것도 아닌데 딱히 재능이 있는 것도 아니면서 왜 이렇게까지 열심일까.

모처럼 시간이 넉넉한 김에 생각해 보면, 그건 아마도 나를 이해하고 싶어서인 것 같다. 좋은 글을 쓰겠다는 비장함보단 스스로를 해치는 일을 그만하고 싶다는 마음이 훨씬 크다. 잘 모르면 뜻하지 않게 많은 걸 망치게 되니까. 나에게만 의미 있는 예쁜 쓰레기 같은 얼룩들이라도 부지런히 기록해 두는 것이다.

누가 그러던데. 인간은 결국 누군가 나를 헤아리고 있다는 사실에 위안을 받는 법이라고. 내가 쓰고 싶은 글도 결국 나를 위로하는 글이었을까.

뭐 눈엔 뭐만 보인다고, 글 쓰는 사람들이 상투적으로 하는 말, "내 이야기를 하고 싶어요."도 내게는 이렇게 읽힌다. "제 행성에서 이런 얼룩이 발견됐는데요, 같이 봐 주세요. 꽤 재밌게 생겼어요. 혹시 여러분의 별에도 비슷한 게 있진 않나요?"

☀ ☁ ☾

별것 아닌 것 같지만 도움이 되는 작은 규칙

다른 사람들이 운동을 하면서

혹은 영어 공부를 하면서 자기 관리를 한다면,

내 방식의 자기 관리는 섬으로 도망 와서

맥주를 마시며 나를 관찰하는 것이다.

나는 나를 잘 모르기 때문에 자주 나를 해친다.

그래서 덜 다치기 위해 시간이 남을 때마다 나에게 관심을 준다.

지난 일기도 다시 읽고, 사진첩도 뒤져 보고, 플레이 리스트도 점검하면서.

더 자세히 봐 둘 걸 그랬어

꽤 열심히 산 줄 알았는데. 가끔 내게 이런 질문을 던지고 싶을 때가 있다. "남들 다 할 때 대체 뭐 했니?"

안 해 본 게 너무 많다. 수영도 못 하고 면허도 없다. "대학 가기 전까지는, 취직하기 전까지는. 아무 생각 말고 공부나 열심히 하면 된다."는 엄마 말을 곧이곧대로 믿던 모범생의 최후랄까. 실제로 취직해서 돈을 벌 때까지 모든 생각을 유예해 버렸다. 라이프스타일이라 부를 수 있는 나만의 일상이 생긴 것도 얼마 안 됐다. 덕분에 서른 살의 여름을 스무 살 여름방학처럼 잔뜩 들뜬 채로 보내는 중이다. 매달 새로운 경험을 한다. 삼십 대가 되면 인생이 더 재밌어진다는 언니들의 말이 설마 이런 뜻이었나?

여행에 재미를 붙인 것도 3년밖에 안 됐다. 낯선 장소에서 나누는 짧은 우정을 이해하고 인정한 건 아주 최근이다. 여행을 하면 아무리 의심이 많은 사람이라도 덥석 타인의 선의를 믿게 된다는 점이 좋았다. 처음 본 사람 차를 얻어 타고, 이름도 모르는 이와 같은 방에서 잘 수 있다는 게 신기했다. 그렇게 빠른 속도로 가까워졌다가 다시 남으로, 각자의 일상으로 아무렇지 않게 돌아가야 한다는 게 한편으론 야속하기도 했다. 길면 하루, 짧으면 반나절. 그 찰나의 시간이 내 정서에 얼마나 많은 도움을 주었는지 알면 잠시 친구였던 이들은 어떤 표정을 지을까.

W를 만난 건 3년 전 초여름이었다. 그해 여름은 여러모로 예외의 계절이었다. 나는 드물게 긴 휴가를 얻어 제주 서쪽 마을에 살고 있었고, 섬에는 이례적인 가뭄이 들어 공기까지 바삭바삭 말라 있었다. W를 처음 봤을 땐 뭐 이런 사람이 있나 싶었다. 개랑 이야기하면 모래를 씹은 것처럼 껄끄러웠다. "이렇게 자유롭게 지내니까 너무 좋네요." 내가 말하면, 개가 "자유는 고독한 건데……."라며 맥을 끊었다. 비록 시한부지만 당분간은 동네 주민이니 잘 지내 보자고. 운을 뗀 게 민망할 정도로 대화가 계속 어긋나서, '이 사람은 나와 언어 체계 자체가 다른 사람이구나.' 혼자 생각했다.

오랫동안 나는 나와 비슷한 사람들만 사귀어 왔다. 그냥 아는 사람에서 친구로 넘어가는 과정엔 시간이 필요했고, 그때마다 해변에 앉아 예쁜 조개껍데기를 고르는 심정으로 상대방에게서 나와 닮은 조각을 찾아내곤 했다. 그런데 왜 언어 체계부터 다른 W와 자꾸 만나서 차도 마시고, 숲에도 가고 했는지 알다가도 모를 일이다. 그건 아마도 예외의 계절이었으므로.

걔네 집은 주인과 똑 닮아서 이상한데 근사했다. 마당에는 꽃과 나무가 무서운 속도로 자라고 있어서 멀리서 보면 작은 숲 같았다. 그 숲 건너편에 보트를 닮은 집이 있었다. 버려진 문짝으로 만든 테이블, 앞집 할머니가 준 의자, 빈집에서 주워 온 소파와 컵. 그 집에 놓여 있지 않았더라면 눈길조차 주지 않았을 고물들이 거기선 반짝반짝 빛났다. 사실 언젠가 다시 찾아갈 생각으로 자세히 봐 두지 않아서 그 집 어디에 뭐가 있는지 잘 모른다. 다만 매력적인 공간이었다고 어렴풋이 회상할 뿐이다.

W는 미주알고주알 집 구석구석을 소개해 주는 친절한 집주인이 아니었다. 나는 관찰력이 좋은 편이 아니었고, "수국이 초여름에 핀다고 했나? 어디 가면 볼 수 있지?" 내가 물으면 "그거 우리 집 마당에 있잖아. 못 봤어?" 하는 식이었다. 그런 내게 W는 딱히 뭐라고 하지 않았다. 우리 집 마당에서 몇 번이나 놀았으면서 왜 그걸 모르냐고. 핀잔을 주는 대신 "혜원인 주변을 정말 안 보는구나." 혼잣말을 뱉고 말았을 뿐이다.

제주에 사는 동안 W의 낡은 차를 얻어 타고 작은 마을들을 구경하곤 했다. 내가 카메라를 들고 남의 집 마당이나 동네 개를 찍는 동안, 걔는 아무 데나 퍼질러 앉아서 노래를 들었다. W가 공간을 대하는 방식은 나완 확실히 달랐다. 흥미를 끄는 골목을 만나면 나는 사진부터 찍었다. 그 풍경이 카메라 안에 담기고 나서는 미련 없이 시선을 거두었다. 그리고 남는 시간엔 휴대전화 보며 시간을 죽였다. 반면 W는 사진을 찍는 대신 손으로 그것들을 만져 보는 편이었다. 나무 이파리나 돌담을 아이처럼 툭툭 건드리며 걸었다. 그리고 장소를 떠나기 전엔 담배를 한 대 꼭 피웠다. 시간을 들여서 아주 오랫동안. 그건 뭐랄까 다시는 이곳에 올 일이 없는 사람이 치를 법한 특별한 의식 같아 보였다.

낯선 장소에서 나누는 짧은 우정이 늘 그렇듯 W는 현재엔 없는 사람이다. 낮은 담과 늙은 나무, 느린 개가 있던 동네에 당분간 갈 일이 없는 사람은 W가 아닌 나다. 이럴 줄 알았으면 휴대폰 같은 거 보지 말고 더 자세히 봐 둘 걸 그랬지.

서울로 돌아온 후 나는 W를 흉내 내기 시작했다. 담배를 태운다는 건 아니고, 어딜 가면 다시는 이곳에 올 일이 없는 사람처럼 그 장소를 공들여 둘러본다. 지금 내가 머무는 공간을 자세히 볼 줄 몰랐을 땐 손만 뻗으면 쥘 수 있는 아름다움을 자주 놓쳤었다. 이를테면 모래가 따뜻하다거나, 창문의 모양이 예쁘다거나, 공기 중에 슬쩍 섞인 라일락 향 같은 것들. 그런 아름다움을 줍는 삶과 지나치는 삶. 별것 아닌 것 같지만 그 작은 차이가 내 일상을 의미 있게 만들었다.

이제 막 무늬가 생기기 시작한 내 삶의 양식에서 잠시 친구였던 이들의 손자국을 발견하면 기쁘다. 나는 어쩌면 닮고 싶은 삶의 방식을 모으기 위해 여행을 하는지도 모르겠다. 그들이 내 마음에 남긴 손자국을 기왕이면 예쁘게 간직하고 싶다. 그래서 나중에 할머니가 됐을 때 낡고 허름한 마음을 쥐고 "인간이라면 지긋지긋해."라고 말하는 대신, 수줍게 웃으며 지나간 인연들을 긍정할 수 있었으면 좋겠다. "나를 키운 8할은 친구들이에요."

☀ ☁ ☾

별것 아닌 것 같지만 도움이 되는 작은 규칙

지금 머무는 장소를 공들여 둘러본다.
창문의 모양이 예쁘다거나,
공기 중에 슬쩍 섞인 라일락 향 같은 것들.
그런 아름다움을 줍는 삶과 지나치는 삶.
별것 아닌 것 같지만 그 작은 차이가
내 일상을 의미 있게 만들 것이다.

마음을 홀가분하게
해 주는
나만의 주문

요즘 우울해 대신 오늘 우울해

재작년 여름부터였던가. 틈만 나면 집에서 2시간 반 거리에 있는 계곡으로 달려갔다. 특별한 목적 없이 가서 물에 동동 떠 있다가, 간식으로 싸간 무화과 몇 알 집어먹고, 편의점에서 컵라면 한 그릇씩 비우고 오는 반나절짜리 물놀이 코스였다. 그러고 나면 일상의 지루함이 조금은 사그라들었다. 땡볕에 서 있다가 소나기를 만난 것처럼.

이번 주말에도 가평에 갔다. 가는 길에 차가 많이 막혀서 오후 4시가 넘어서야 물에 들어갈 수 있었다. 그런데 생각보다 물이 차가워서 얼마 못 놀고 나왔다. 아마도 이번이 올해의 마지막 물놀이인 듯싶었다. 매번 들르는 편의점 앞 파라솔에 앉아 나는 새우탕을 김수현(남편 이름이다.)은 신라면을 먹었다. 라면이 익기를 멍하니 기다리고 있었는데, 김수현이 시답잖은 농담을 했다. "집에 가면 빨래 다 끝나 있겠다. 우리 이번 주는 수건 부자야!" 별것도 아닌 말에 순간 기분이 엄청나게 좋아졌다. 물가에 사는 사람이 된 것 같았다. 오늘치 분량의 노동을 마친 후 물가에 가서 노는, 오랫동안 동경해 왔던 삶에 닿은 듯한 느낌이었다.

그러곤 언제 그랬냐는 듯 금세 시무룩해졌다. "조금 있으면 주말도 끝이네. 오늘이 영영 끝나지 않으면 좋겠다." 늘 이런 식이었다. 나에겐 다 된 행복에 재를 뿌리는 악취미가 있었다. 꽉막힌 도로를 뚫고 달려온 긴 시간이 순식간에 무색해졌지만 남편은 이런 상황이 익숙한지 별다른 대꾸를 하지 않았다. 대신 계곡에서 찍은 사진을 보여 주며 딴소리를 늘어놓다가 편의점을 떠나기 직전에 지나가듯 말했다. "난 오늘이 계속되는 건 좀 별론데. 그럼 내일 생길 재밌는 일을 못 겪잖아." 가지런히 겹쳐놓은 라면 용기를 집어 들고 분리수거장으로 가는 뒷모습은 한껏 산뜻해 보였다. 가끔 쟤가 인생을 대하는 태도를 보면 스승님으로 모시고 싶을 때가 있다. 정말이다.

김수현과 나는 7년째 같은 회사에 다닌다. 그리고 8년째 같이 산다. 거의 매일 같이 출근하고 같이 퇴근한다. 특별한 약속이 없으면 밥도 항상 같이 먹는다. 이렇게 비슷한 환경에서 지내는데 인생의 만족도 면에서는 이상할 정도로 차이가 심하게 난다. 걔는 대체로 행복해하고 나는 대체로 우울해한다. 같은 땅에서도 어떤 식물은 무탈하게 잘 자라고 어떤 식물은 계절이 바뀔 때마다 시름시름 앓는다고 하던데. 꼭 우리 같다.

사실 연애 초기에는 약간 억울한 마음도 들었다. "난 불행한데 너 혼자 행복해도 돼?" 그럴 때마다 뚱뚱한 곰 인형 같은 남편은 허허 웃고 말았다. 사시사철 신선하고 건강한 그의 멘탈을 부러워도 했다가, 알미워도 했다가. 이것은 결국 기질의 차이가 아닌가 체념도 했다가. 혼자서 오만가지 생각을 다 했다. 뭐가 됐든 결국 그 고민에 담긴 마음의 실체는 '나도 (쟤처럼) 안정적인 기분으로 살고 싶다.'는 거였지만.

물리적으로 함께 있는 시간이 길었기 때문에 뭐가 우리 사이의 차이를 만드는지는 비교적 쉽게 알아낼 수 있었다. 일단 걔는 인생에 어떤 사건이 생기면 있는 그대로 단순하게 받아들였다. 집 밖을 나섰는데 선선한 바람이 불면, "아, 오늘은 바람이 시원하네." 하고 말았다. 반면 나는 "바람이 부네. 이제 여름이 끝나려나 보다. 여름엔 어딜 봐도 초록색이어서 참 예뻤는데. 몇 달 뒤면 이런 풍경은 당분간 보기 어렵겠지. 겨울은 또 얼마나 쓸쓸하려나." 지나간 계절과 아직 오지 않은 미래까지 끌고 와서 지레 가라앉았다. (와, 글로 써 놓고 보니 정말 진상이다.) 자기감정이니 무엇이 맞다 틀리다 판단하긴 어렵지만, 이거 하나만은 분명했다. 외부에서 일어나는 일을 내 인생에 득이 되는 방향으로 해석하고, 나쁜 추측은 하지 않는 편이 행복해지는 데 유리하다는 거.

딱히 작정한 건 아니지만, 몇 년 전부터 나는 남편의 태도를 흉

내 내고 있다. 일단 말버릇부터. 일이 뜻대로 풀리지 않으면 부정적인 방향으로 과장해서 말하는 버릇이 있었는데, 그러지 않으려고 노력 중이다.

덕분에 회복 탄력성이 많이 좋아졌다. 아무리 슬픈 일이 생겨도 제시간에 일어나 회사에 간다. 동료들과 점심을 먹고 가벼운 산책을 한다. 대화 도중 슬픈 일을 떠오르게 하는 돌부리를 만나면 걸려 넘어지기 전에 멀리 돌아간다. 미처 피하지 못한 돌부리에 걸려 휘청하더라도 금방 균형을 잡고 아무렇지 않은 척 씩씩하게 웃는다.

마침 바로 오늘이 '그날'이었다. 공들이던 섭외는 실패하고, 기사 반응은 안 좋고, 밤 12시까지 근무했는데 마무리된 일은 하나도 없는 날. "요즘 너무 우울해. 내 인생 대체 왜 이래? 언제까지 이렇게 살아야 해? 괜찮아지긴 하는 거야?"라고 말하고 싶었지만, 꾹 참고 개처럼 말했다. "나 오늘 우울해." 암, 어제까진 피자랑 맥주 먹으면서 낄낄거렸는데. 오늘 일어난 일 때문에 기분이 나빠진 거니까. '요즘'보단 '오늘'이 더 적절한 표현이지. 에디터답게 상황을 정확히 묘사하자. 입으로 뱉지 않으니 감정이 누그러지는 효과가 있었다. 좋았어. 행복한 놈 짝궁 8년이면 평화를 누린다고. 이대로 기분과 생활면에서 안정감을 찾아가는 거야!

……근데 섭외도 못 하고, 빵 터지는(!) 기사도 못 쓰고, 손도 느린 사람을 에디터라고 할 수 있나. 이래 가지고 언제 자리 잡고, 언제 행복해질 텐가. 그때 안방에서 유튜브를 보다가 일찌감치 잠든 남편의 코 고는 소리가 작업 방까지 넘어온다. 가만 들어 보니 이렇게 답하는 것 같다. 주접 그만 떨고 이리 와 잠이나 자자.

☀ ☁ ☾ 별것 아닌 것 같지만 도움이 되는 작은 규칙

아무리 슬픈 일이 생겨도 제시간에 일어나 회사에 간다.
동료들과 점심을 먹고 가벼운 산책을 한다.
대화 도중 슬픈 일을 떠오르게 하는 돌부리를 만나면
걸려 넘어지기 전에 멀리 돌아간다.
어쩌다 휘청하더라도 금방 균형을 잡고
아무렇지 않은 척 씩씩하게 웃는다.

간헐적으로나마 좋은 사람이 되겠다는 다짐

남편이 혼자 드라마를 보고 있길래 물었다. "나쁜 놈이야? 착한 놈이야?" 사무라이 분장을 한 배우가 아이를 밀치는 장면이었다. 남편은 피식 웃더니 "둘 다 아닌데. 입체적인 캐릭터야."라고 답했다. 그가 다시 영상에 집중하는 사이 말없이 방을 나왔지만 내심 꽤 민망해졌다. A 아니면 B. 모든 걸 극단적으로 나누어 단정 짓는 나쁜 버릇이 아무래도 잘 안 고쳐진다.

스스로에 대해 정의를 내릴 때도 습관적으로 이분법을 찾는다. '인간은 입체적인 존재'라는 사실을 잊고 '나는 착한 사람인가, 나쁜 사람인가'를 고민하곤 한다. 그런 생각을 할 때는 주로 마음에 못된 행동이 얹혀 있다. 가끔 나는 드라마 악역의 실제 인물인 것처럼 심술궂다. 주변을 둘러싼 모든 걸 미워한다. 동료가 보낸 메시지에 찍힌 점(:) 하나가 거슬러서 씩씩거리기도, "나 빼고 다 망했으면 좋겠다."며 전방위적 저주를 하기도 한다. 그렇게 한동안 뾰족한 마음을 안고 살다가 문득 슬퍼진 적도 있다. 언제부터 이렇게 별로인 사람이 됐지?

나는 10년째 매일 일기를 쓰는데, 최근 몇 년간의 일기를 다시 보면 맛없는 국을 괜히 휘젓는 기분이다. 직장에서 했던 행동을 뒤늦게 떠올리며 몸서리칠 때도 있다. 10분도 손해 보고 싶지 않아 사람들과 기 싸움을 하고, 사소한 업무 하나 더 맡기 싫어서 좋아하는 선배에게 쪼잔하게 굴고, 실수 앞에서 책임 회피부터 하는 못난 모습들. 직장에서뿐만이 아니다. 피곤하다는 이유로 친구와의 약속을 멋대로 취소한 적도, 부모님 연락을 일부러 피한 적도 있다. 이러니 스스로가 자꾸 미워지지.

차라리 '나는 원래 별로인 놈이야.' 인정해 버리면 편할 것이다. '사회생활 하다 보면 다들 그렇지, 뭐.' 정신 승리라도 할 수 있을 것이다. 그런데 자꾸 좋은 사람 역할에 미련이 남는다. 마음에 여유가 있던 시절, 주변을 돌보던 내가 '진짜 나'라고 믿고 싶어진다. 의미 없는 건 알지만 변명하고 싶다. 그래도 예전엔 좋은 사람이었다고.

출근길이 유난히 불행했던 날이었다. 전날 늦게까지 야근을 했고, 비가 와서 밖이 어두웠고, 늦잠을 잤으며, 그날따라 짐이 많아 허둥지둥하다 버스도 잘못 탔다. 물이 뚝뚝 떨어지는 우산을 든 사람들로 가득한 만원 버스에서 중심을 잡기 위해 애쓰며, 한 손으론 '지각해서 죄송하다'는 메시지를 쓰다가 나는 또 폭발

해 버렸다. '죄송하긴 개뿔. 다 망해 버려라!'

그렇게 잔뜩 골이 난 채로 사무실에 도착했는데, 책상에 작은 상자가 놓여 있었다. 발신인을 보니 서윤후 시인님이었다. 지난 3개월 동안 나는 그에게 시 창작 수업을 배웠다. 상자에는 책 두 권과 엽서가 담겨 있었다. 만나서 반갑고 고마웠다고. 혜원 님은 귀한 사람이라고. 또 만나자고. 단정한 글씨로 적혀 있었다. 사정이 생겨 마지막 수업에 가지 못해 아쉬웠는데. 마지막까지 이렇게 다정하다니. 역시 시인님답다 싶었다.

그는 내가 꿈꾸던 좋은 사람의 실사판이었다. 아무리 바빠도 기분이 태도가 되지 않는 사람. 편집자, 시인, 강사. 세 개의 직업을 가지고 누구보다 바쁘게 살지만 늘 다정한 사람. 그는 매 수업마다 수강생 모두에게 편지를 써 주고, (엄밀히 말하면 업무시간이 아닐 때에도) 우리의 글에 대해 진심 어린 조언을 해 주곤 했다. 이런 사람들을 만날 때면 나는 왠지 머쓱해진다. 다 부술 기세로 뿜어내던 분노는 다정한 마음에 스르륵 녹고, 한결 순해진 채 '이제부터라도 좋은 사람이 되자.'고 다짐하게 된다. 그렇게 지내고 있다. 감당할 수 없는 미움의 감정에 휩쓸려 욕설을 뱉다가, 내 이름이 적힌 쪽지나 초콜릿에서 근근이 착한 마음을 충전하면서.

현실과 이상의 괴리를 좁히지 못한 탓에 최근엔 괴상한 버릇이 하나 생겼는데, 바로 친구들에게 뜬금없이 기프티콘을 보내는 것이다. 요즘 들어 신세 한탄이 잦아진 친구의 전화를 은근히 피한 게 문득 찜찜하거나, 누군가에게 받았던 다정한 마음이 별안간 떠오를 때. 메신저 앱을 열고 '선물하기' 버튼을 누른다. 뭐 대단한 걸 보내는 건 아니고. 사과즙, 아이스크림, 손선풍기같이, 주는 나도 받는 이도 부담스럽지 않은 선에서 귀여운 선물을 고른다. 기프티콘을 계기로 호의를 나누는 가벼운 대화를 하고 나면 잠시나마 예전의 '좋은 나'로 돌아간 것 같아 기분이 한결 나아진다. 물론 그 평화는 오래 지속되지 못하고 금세 전쟁 모드로 돌아가긴 하지만.

다분히 자기만족적인 행동을 지속하는 이유는 아무것도 안 하면서 괴로워만 하는 것보단 낫기 때문이다. 혼자서 얍삽한 행동을 후회하고 죄책감을 느낀다고 해서 달라지는 건 없으니까. 그러니 고작 5천 원어치 마음일지언정 일단 보내는 거다. 괜히 거창하게 말해 보자면 나의 뜬금없는 기프티콘엔 이런 의미가 담겨 있다. 간헐적으로나마 좋은 사람이 되겠습니다.

언제부턴가 이목구비가 예쁜 사람보다 눈빛이 건강하고 표정이 선한 사람에게 눈길이 간다. 나이가 들면 자기 얼굴에 책임을 져야 한다는 말을 흘려들었는데 진짜인가 보다. 표정만 봐도 그 사람의 됨됨이가 어렴풋이 느껴진다. 아마 내 얼굴에도 예외 없이 후진 마음이 다 배어 나오겠지. 거울을 볼 때마다 무서워 죽

겠다. 나쁜 생각 한 번당 착한 생각 한 번씩. 1-1=0이라도 유지
하려 노력하는 요즘이다.

☀ ☁ ☾

별것 아닌 것 같지만 도움이 되는 작은 규칙

누군가에게 받았던 다정한 마음이 별안간 떠오를 때,
메신저 앱을 열고 '선물하기' 버튼을 누른다.
대단한 걸 보내는 건 아니고.
사과즙, 아이스크림, 손선풍기같이 주는 나도 받는 이도
부담스럽지 않은 선에서 귀여운 선물을 고른다.

나랑 놀면 재미없어할까 봐 걱정돼

1.

우리는 '재밌는' 사람을 좋아한다. 같이 있으면 소리 내서 깔깔 웃게 해 주는 사람. 여럿이 모였을 때 분위기를 띄우는 사람이 있으면 편하다. '이 자리가 재미없나?' 고민할 필요 없이 그 사람이 주도하는 흐름을 따라가기만 하면 되니까.

피차 그렇게 해 줄 수 없을 때가 많기에, 우린 만나서 '뭔가'를 하는 것이다. 영화를 보거나, 볼링을 치거나, 노래방에 가거나.

사실 그런 방식을 그다지 선호하지 않는다. 말재주가 뛰어난 사람을 보며 방청객 역할을 해야 하는 자리도 별로다. 그보단 목적 없이 만나서 그저 시시덕거리는 게 좋다. 뭔가를 하지 않으면서 재미있게 해 줄 자신이 없는 탓에 적극적으로 표현하지 않을 뿐이다.

2.

아주 어렸을 때 본 것이라 정확히 어떤 영화였는지는 기억나지 않지만, 잊을 만하면 꼬박꼬박 떠오르는 장면이 하나 있다.

화면 속엔 초등학교 1학년, 많아야 2학년쯤 되어 보이는 여자애 둘이 앉아 있다. 아마도 단짝 친구인 듯하다. 두 사람의 손엔 바비 인형이 하나씩 쥐어져 있는데 빗은 하나뿐이다. 한 아이가 먼저 빗질을 시작하고, 남은 아이는 시무룩한 표정으로 차례를 기다린다. 한참을 기다려도 자기 차례가 돌아오지 않자 아이가 벌떡 일어나 한마디한다. "너랑 놀면 재미없어. 맨날 인형 머리나 빗기잖아. 나도 이제 다른 애들이랑 놀 거야." 그 애는 방문을 쾅 닫고 나가 버리고, 홀로 남은 아이는 울 것 같은 표정으로 빗질을 계속한다.

나는 이제 아이가 아니지만, 앞에 앉은 사람의 표정이 어두워질 때면, 어쩐지 홀로 남은 여자애의 기분이 되곤 한다. 그리고 덩달아 울고 싶어진다. 나랑 놀면 재미없다고? 근데 어쩌지. 나는 네가 좋은데.

3.

작년 여름 친구들과 계곡에 놀러 갔을 때도 '그 장면'이 어김없이 재생됐다. 나는 계곡에 가자고 제안한 장본인이었다. "너희랑 계곡 가고 싶어. 가서 백숙 먹고, 계곡 물에 발도 담그고." 실은 그냥 한번 해 본 말이었는데, 착하고 행동력 좋은 애들이 눈 깜짝할 새 날짜를 잡고, 장소까지 확정했다.

친구라고 뭉뚱그려 불렀지만, 우리는 어쩌다 이렇게 모였나 싶을 정도로 생뚱맞은 조합이었다. 나이가 비슷한 것도 아니고 그렇다고 취향이 찰떡같은 것도 아니었으니까. 딱히 서로를 열렬히 좋아하는 것도 아니며 떨어질 콩고물이 있는 것도 아닌데. 이상하게 편해서 꽤 자주 모였다. 이 모임엔 과실 소파에 각자 널브러져 시간 때울 때의 자연스러움이 있었다.

계곡 나들이 당일. 차는 W 선배가 빌려 왔다. 선배는 운전이 아직 익숙하지 않아 걱정이라고 했지만, 평균 이상으로 겁이 많은 내가 안전하다고 느낄 만큼 그의 운전은 안정적이었다. 우리는 Y가 아침 일찍 일어나 직접 싼 유부초밥을 먹으며 계곡으로 향했다. 유부초밥이란 음식이 새삼 좋아질 정도로 맛이 좋았다. 하늘엔 여름답게 크고 둥근 구름이 가득 걸려 있었다. 그날 찍은 하늘 사진이 외장 하드 어딘가에 아직 있을 것이다.

예상보다 일찍 계곡에 도착해 수박 한 덩이를 들고 주차장을 나설 때까지. 모든 것이 완벽했다. 그런데 계곡의 상태가 우리가 상상한 것과 좀 달랐다. 일단 사람이 그렇게 많을 줄 몰랐다. 인스타그램으로 미리 봐 둔 백숙 집에 자리를 잡고 여유로운 시간을 보낼 계획이었는데. 그 가게를 포함해 계곡 입구 쪽은 이미

만석이었다. 설사 자리가 있더라도 그다지 들어가고 싶은 풍경
은 아니었다. "상류로 올라가면 더 괜찮은 데가 있을 거예요." 한
손으론 수박을 들고 나머지 손으론 땀을 닦으면서도 Y는 씩씩
했다. 가만히 서 있기만 해도 티셔츠가 등에 달라붙는 습한 날씨
였다.

계곡 꼭대기까지 가 봤지만 역시나였다. 우리는 결국 계곡 입구
로 다시 내려와 처음에 본 어딘가 못미더운 가게를 택할 수밖에
없었다. 그나마도 딱 한 자리밖에 남아 있지 않았다. 그때 D가
말했다. "근데…… 여기 물이 흐르긴 하는 걸까요?" 가만 보니
이 가게가 끼고 있는 건 계곡이라기보다는 하수구에 가까웠다.
얼마나 오래 고여 있었는지 물에서는 비린내가 심하게 났고, 우
리가 앉을 평상 근처에는 죽은 고기 세 마리가 둥둥 떠다니고
있었다. 백숙집 사장님에게 물으니 대수롭지 않다는 듯이 "이따
가 물 틀면 괜찮아질 거예요."라고 답했다. 그 '이따가'가 내년쯤
계곡 보수 공사를 할 예정이란 뜻인 줄은 백숙을 주문하고 나서
야 알았지만.

착한 사람들은 "그래도 여기까지 왔는데 발이라도 담그자."며
기어이 하수구 같은 물에 들어갔다. 나중에 W 선배에게 들어
보니 거기서 거머리를 봤다고 했다. 모르는 게 나을 것 같아서
그냥 말하지 않았다고. 솔직히 우리는 모두 지쳐 있었다. 술과
안주가 잔뜩 남아 있었지만 더는 먹고 싶지 않았다. "우리 좀 쉴

까?" 누군가의 말을 시작으로 사람들은 평상에 각각 널브러졌다. 낮잠을 자거나, 책을 읽거나, 음악을 듣거나. 대화를 나누는 사람은 없었다.

침묵 속에서 나는 '그 장면'을 생각하고 있었다. 계곡에 가고 싶다고 말한 걸 후회했다. 다들 오늘의 나들이를 시간 낭비라고 생각할까 봐, 이제 다시는 이렇게 모이지 못할까 봐 걱정했다.

4.

무언가를 망칠까 봐 초조해질 때면, 괜히 허세를 부리며 최악의 상황을 떠벌리는 버릇이 있다. 나는 용기를 내어 침묵을 끊었다. "황정은 작가 소설 중에 오늘 우리랑 비슷한 상황이 나온다? 남자 친구 가족들이랑 수목원에 놀러 갔는데, 앉아서 도시락 먹을 곳이 마땅치 않은 거야. 그때 남자 친구네 부모님이 딱 봐도 들어가면 안 되는 계곡에 들어가자고 해. 원래 이런 데 나오면 물가에서 밥 먹는 거라고. 결국 거기서 손 씻고, 입 헹구고, 밥까지 먹고 나오는데, 알고 보니 그 물이 상류에 있는 맹금류 축사에서 흘러나오는 거였던 거야. 동물들의 똥물이었던 거지."

S가 몸을 일으키며 대꾸했다. "〈상류엔 맹금류〉 얘기 아니에요? 저 그거 읽었는데. 결국 그 남자랑 헤어지잖아요." 나는 실없이 웃으며 말했다. "우리도 그렇게 되는 거 아닐까? 이게 처음이자 마지막 나들이인 거지! 계곡에 오면 다들 신나게 노는 걸

기대했을 텐데. 죽은 고기 떠다니는 물에 발이나 담그고."

여섯 사람 모두가 자기만의 시간을 끝내고 평상에 바로 앉은 뒤, 내내 별말 없던 D가 던진 이야기가 마음에 얹혀 이 글을 쓰게 됐다.

"저는 지금이 딱 좋은데요. 너무 신나면 힘들어요. 무리해야 되잖아요. 심심하면 심심한 대로. 자연스럽게 두는 게 편해요."

그날 우리는 아침 일찍 만나 저녁 늦게 헤어졌다. 계곡에서 서울로 돌아와 커피를 마시고, 밥을 먹고 나니 해질 무렵이었다. 이 정도면 충분히 놀았다는 생각이 들어 산뜻하게 손을 흔들고 헤어졌다. 이야기가 자주 끊겼고 이따금 심심한 순간이 찾아왔지만 돌이켜 보면 분명 좋은 하루였다.

5.

나이가 들수록 아는 사람의 숫자가 물리적으로 늘어난다. 늘 시간에 쫓기며 사는 우리는 선택해야 한다. 어떤 사람과 어울릴지. 누구와 시간을 보낼지. 언제 바뀔지 모르지만 2019년 여름 나의 입장은 이렇다. 심심하고 재밌는 시간을 존중할 줄 아는 사람들과 어울리고 싶다고. 환호성을 지르거나 배를 잡고 구를 만한 사건이 없어도, 만난 지 2시간 만에 밥만 먹고 헤어져도 서로에게 바라는 것이 없는 채로 유지할 수 있는 사이가 좋다.

내게 여름은 그런 계절인 것 같다. 책임과 의무, 사랑과 우정, 이런 진득한 놈들 대신 가볍게 마시고 산뜻하게 헤어질 수 있는 맥주 같은 관계가 필요한.

겁먹은 채로 해내야 하는 일들

겁이 많다. 어느 정도냐 하면 화장실 앞까지 갔다가 그 장소가 안전해 보이지 않다는 이유로 뒤돌아설 만큼. 공중화장실에 가면 옆 칸에서 누군가가 몰래 지켜보고 있거나, 칼을 든 괴한에게 습격당하는 장면이 떠올라서 지레 볼일 보기를 포기하곤 한다. 적절한 화장실을 찾지 못해서 나들이를 중단하고 집으로 돌아갈 때도 있다. 화장실뿐만 아니라 낯선 장소에선 자주 불길한 예감에 휩싸인다. 인종차별 받을까 봐 유럽 여행은 상상도 않는 게 나다.

언젠가 상담 선생님은 내 상태를 이렇게 해석했다. "여기 그래프를 보시면 불안 지수가 상당히 높아요. 특이한 점은 일어나지 않은 일, 겪어 본 적 없는 일에 대해 크게 불안해하고 있다는 거예요."

원데이 심리 상담(팀 워크숍 프로그램 중 하나였다.)이라 더 깊은 이야기는 들을 수 없었지만 나에게 일어나는 문제들, 이를테면 불면증, 애정 결핍, 감정 조절 불능 같은 것들의 원인이 불안해하는 기질 때문이라는 건 확실히 알 수 있었다. 탓할 대상이 생기니 어쩐지 신이 나서 불안이란 필터를 끼고 인생을 돌아봤다. 여태껏 겁이 많은 게 인생의 걸림돌이 된다는 자각 없이 살았는데. 듣고 보니 생활이 이 모양 이 꼴인 게 다 그놈의 '불안' 때문인 것 같았다.

뭘 하든 입구까지 갔다가 겁이 나서 도망치는 일이 잦았다.→ 그래서 경험이 가난한 서른 살이 됐다.→ 겪은 게 없으니 뭘 해도 어설프고 폼이 안 난다.→ 사람들이 나를 무시하는 것도, 내가 나를 못 미더워하는 것도 다 겁이 많기 때문이다. 한동안 'so what'이 빠진 흔한 자아 성찰을 반복했다. 그리고 얼마 전 나에게 크게 실망하는 (또!) 일이 있었는데……

퇴근길 교통사고가 나서 입원을 했고, 남편이 출근한 사이 혼자 MRI 검사를 받게 됐다. 오전에 검사를 받고 오후에 퇴원하면 되는 일정이었으므로 혼자 할 수 있을 줄 알았다.

검사 전 서류를 살펴보니 폐소공포증 여부를 체크하는 항목이 있었다. 겁이 좀 많긴 한데. 좁은 장소를 못 견디기도 하고. 근데 그 정도로 폐소공포증이라는 병명을 붙여도 되는 건지. 약간 찜찜한 채로 탈의실에 들어가자마자 싸한 기분이 들었다. 순식간에 몸이 뻣뻣하게 굳어서 사고로 다친 허리가 시큰거렸다. 불안한 마음에 옷을 벗다 말고 포털 사이트에 'MRI'를 검색해 봤다. 한 사람이 간신히 몸을 누일 수 있는 폭이 좁은 기계에 들어가 20분 정도 가만히 누워 있어야 한다고 나와 있었다. 더불어 아기가 MRI 검사에 실패해서 속상하다는 엄마들의 글이 다섯 개쯤 보였다. 아, 그러니까 성인이라면 싫지만 참을 만하다는 말이구나.

애써 아무렇지 않은 척하며 검사실로 들어가자 방사선사님이 귀마개를 건넸다. 검사 동의서에 있는 내용을 한 번 더 읽어 줬다.

"MRI실 내부가 좁고 소음도 많이 나서 힘드실 수 있어요."

그 말을 드는데 더 이상 공포를 숨길 수가 없었다. 나도 모르게 바보 같은 질문이 튀어나왔다.

"많이 무서울까요?"

우린 성인이고 이미 검사를 진행하기로 약속했으므로, 시간이 지체되는 게 짜증이 날 법도 했을 것이다. 하지만 방사선사님은 이런 일이 익숙한 듯 담담하게 답했다.

"폐소공포증 있으세요? 정 힘드시면 중단하셔도 돼요. 저희가 억지로 검사를 강행할 수는 없으니까요."

사실 그 말을 듣는 순간 검사를 포기하는 방향으로 마음이 반정도 기울었다. 나는 다시 물었다.

"밖에서 제 말이 들리나요?"

그는 귀마개 낀 귀에 소음 커버를 한 겹 덧대 주며 말했다. 귀가 꽉 막혀서 소리가 잘 들리진 않았지만 아마도 이런 뜻이었던 것 같다.

"아니요, 소음이 크게 나서 목소린 안 들리고요. 제가 지켜보고 있으니 손을 드세요."

그 말을 끝으로 기계는 천천히 움직였고, 나는 결국 기계 안으로 반도 들어가지 못하고 포기 선언을 했다.

"죄송합니다. 다음에 보호자랑 같이 올게요."

방사선사님은 더 묻지 않고 나를 통 안에서 꺼내 주셨다.

나는 정말 MRI 검사를 못 받을 정도로 심한 공포를 느꼈던 건가. 엄살은 아니었을까. 다들 싫지만 잘 참아내잖아. 민망해서 얼굴이 화끈거렸다. 마음 같아선 그 길로 병원 밖으로 도망치고 싶었다.

죄를 지은 기분으로 담당 의사 선생님 앞에 앉았다. 고작 머리카락 두께의 침을 맞으면서도 앓는 소리를 내는 환자에게 언제나 웃는 낯으로 격려해 주셨는데, 마지막까지 이런 모습이라니. (입원해 있는 동안 우린 주로 이런 대화를 나눴다. 나: 겁이 많아서 죄송해요. 선생님: 침은 누가 맞아도 아파요. 이 정도면 잘 참은 거예요.)

선생님은 이번에도 괜찮다고 했다. 폐소공포증이 심해서 터널을 못 지나가는 트럭 운전수도 있다며. 따뜻한 말은 "겁먹지 말라."는 다그침보단 위로가 됐지만, 그럼에도 나에 대한 실망감

116

은 가시지 않았다.

예상보다 이른 퇴원을 하고 집으로 돌아가는 길. 목적지였던 역을 지나쳐 한참 걷다가 모퉁이를 도니 익숙한 골목이 보였다. 덕수궁이었다. 소문의 돌담길 너머로 벚꽃이 흐드러지게 피어 있었다. 직장으로 복귀하면 한낮에 궁에 가긴 어렵겠지. 충동적으로 표를 사고 궁 안으로 들어갔다.

해가 떠 있을 때 사무실 밖으로 나온 직장인이 다 그렇듯 '저 사람들은 출근도 안 하나? 좋겠다.' 속으로 생각하며 농땡이를 피우고 있는데, 다른 팀 팀장님과 비슷하게 생긴 사람이 지나갔다. 간이 콩알만 해져서 고개를 푹 숙였는데 다행히 그냥 닮은 사람이었다. 나는 갑자기 사람들에게 오해를 살까 봐 불안해졌다. "입원했다더니. 꾀병 아니야?"라고 말하면 어쩌지. 그렇게 쫓기듯 궁에서 나와 택시를 잡아타고 집으로 돌아왔다.

퇴근한 남편의 팔에 기대 오늘 있었던 일들을 곱씹어 봤다.
"진짜 시트콤 같은 하루였어. 그 와중에 화장실이 또 가고 싶은 거야. 평일 낮이라 궁 안에 사람도 별로 없어서 무서운데. 다행히 어떤 아주머니가 들어가서서 따라 들어갔어. 그리고 나서 택시를 탔거든? 지하철 타면 아는 사람 만날 것 같아서 불안하더라고. 근데 내부순환로에 들어가자마자 기사 아저씨가 너무 빨

리 달리시는 거야. 엄청 고민하다가 얼마 전에 교통사고가 나서 속도 내는 게 무섭다고 좀 천천히 가 달라고 했어."

내가 종일 참아왔던 말들을 랩하듯 쏟아내는 사이 코 골기 일보 직전이었던 김수현이 마지막으로 웅얼거렸다.

"무서운 게 그렇게 많은데, 집까지 용케 잘 왔네."

그 말을 듣는 순간 스스로를 탓하던 마음이 휘청했다. 겁을 먹은 채로 해냈던 일들과, 앞으로 겁을 먹은 채로 해내야만 하는 일들에 대해 생각했다. 너무 무서워서 도망쳐 버릴 때도 있었지만 그보단 겁은 먹은 채로 해낸 일들이 더 많았다. 아마 앞으로도 그럴 것이다. 그거면 된 거 아닐까. 한결 홀가분해진 마음으로 푹신한 이불 안에서 발을 꼼지락거렸다. 이제 다시 일상으로 돌아가야 한다.

"너 변했어!"라는 말을 의연하게 받아들이기

좌우명 같은 건 유명인한테나 필요한 줄 알았다. 그런데 의외로 평범하게 살면서도 내 삶의 방향에 대해서 설명해야 되는 일이 종종 생긴다. 취업 준비를 위해 각종 지원서를 쓰면서. 혹은 긴 술자리 끝에 이야기가 문득 진지해질 때. 기타 등등. 솔직히 말하면 그때 뭐라고 대답했는지 잘 모르겠다. 상대를 실망시키고 싶지 않아서 대충 그럴싸해 보이는 아무 말을 주워 뱉었던 것 같기도 하고……

실제로 누군가의 롤 모델이 되는 멋진 사람들을 살펴보면 다들 나와는 달리 그럴싸한 좌우명이 있었다. 가령 프로듀서 그레이의 인생 모토는 '하기나 해'인데, 불안정한 미래가 걱정돼도, 내 재능이 의심스러워도 일단 '하기나 해'라는 마음으로 본인을 다독이며 작업에 집중한단다. 실제로 그는 매우 다작하는 프로듀서이며 본인의 가치관에 꼭 맞는 가사를 쓴다.

뭐든지 걱정만 많으면

잘될 것도 되다가 안 되니까

그냥 그냥 하기나 해

안 될 거란 생각은 뒤로

언제나 네 자신을 믿어

끝나기 전에 계속 도전해

그리고 그렇게 '하기나 한' 결과 최고의 프로듀서가 됐다. 만약 나였다면? 해 봤는데 안 되더라며 계절이 채 지나기도 전에 노선을 수정했을 것이다. '포기는 빠를수록 좋다'로. 그렇다. 나는 수시로 좌우명이 바뀌는 줏대 없는 인간이다. 그런 주제에 크고 작은 다짐을 양산하며 설레발을 치는 대책 없는 인간이다. 어디에 가치를 두고 사는지에 따라 좌우명이 달라진다고 한다면, 내 가치관은 매년, 아니 6개월에 한 번씩 바뀐 셈일 테다.

한번은 인간관계 미니멀 라이프를 지향하겠다며 각종 SNS를 탈퇴하고 잠정적 잠수 모드에 들어간 적이 있다. 그쯤 인간관계의 허망함에 대해 고민 중이었다. 그렇게 최소한의 관계만 유지하자고 다짐했는데…… 얼마 가지 못하고 외로워져 버렸다. 결국 웃긴 이야기를 단체 방에 공유해 낄낄거리고 싶은 욕구, 허름한 술집에 모여 와자지껄하게 놀고 싶은 욕구를 이기지 못하고 은

근슬쩍 SNS 계정을 활성화했다. 비장하게 세웠던 인간관계에 대한 지침도 대폭 수정했다. 정확히 기억은 나지 않지만(왜냐하면 그새 또 바뀌었기 때문이다. 하핫), 아마 '끝날 때 끝나더라도 눈앞에 놓인 관계에 최선을 다하자'쯤이었을 거다.

사실 좌우명이나 가치관처럼 거창한 이야기까지 갈 것도 없다. 일상생활 속에서 내 생각은 실시간 음원 차트처럼 변한다. 안 그러려고 해도 뭔가를 말하고 나면 번복해야 할 일이 생긴다.

"요즘 밥벌이의 숭고함에 대해 새삼 느끼고 있어. 돈 벌어
서 계속 맛있는 거 많이 먹고 싶어."
"김혜원 많이 변했네. 적게 벌고 적게 쓰면서 자유롭게 살
고 싶다더니."
"그런 철없는 소릴 했었나. 나 같은 소비왕이. (머쓱)"

뭐 이런 식이다. 물론 나라고 실없는 사람처럼 이랬다저랬다 하며 사는 게 마냥 좋은 건 아니다. 부끄럽다. 모닝커피 마시듯 다짐을 번복하는 건 아무래도 모양이 빠지는 일이니까. 어떻게 하면 이 문제를 해결할 수 있을까 고민하면서 여러 가지 시도를 하기도 했다. 생각이 완성되기 전까지는 입 밖으로 뱉지 말아 볼까? 놉. 그건 현실성이 없잖아. 자고 일어나면 바뀌는 게 생각인데. 묵언 수행을 할 게 아니라면 실현 불가능한 대안이지. 그럼 일단 다짐하고 나면 틀린 것 같아도 지속해 볼까? 아냐, 그건

좀 바보 같아. 틀린 답을 붙잡고 고집을 부리는 것보단 우유부단한 게 낫지. 이것도 실패.

오랜 기간 부질없는 고민을 붙잡고 있는 내가 안타까웠는지 주변에선 나름대로 해답을 내 주려고 했는데, 여론은 '시간이 해결해 주겠지.' 쪽으로 기울었다. 나이가 들면 아무리 오락가락하는 사람이라도 나름의 기준이 생기지 않겠느냐는 말이었다. 과연 그럴까? 마흔쯤 되면 줏대 있는 사람이 될까? 나를 둘러싼 환경은 매년 변할 텐데? 환경이 변했는데도 자신의 답을 고집하는 건 꼰대 아닌가. 꼰대가 되고 싶은 건 아닌데.

생각 많은 사람 특유의 듣기만 해도 피곤해지는 비생산적인 시간을 보내던 중, 나는 뜻밖의 정신 승리를 하게 된다. 마트에서 장난감 코너를 구경하다가 어렸을 때 가지고 놀던 인형을 발견했는데, 거기에 이런 말이 적혀 있었던 거다.

쥬쥬의 장점: 금방 반성한다.

함께 있던 친구는 이런 게 무슨 장점이냐고 애초에 잘못을 하지 않으면 될 것 아니냐면서 낄낄거렸지만, 나는 진심으로 고개를 끄덕였다.

손바닥 뒤집듯 다짐이 바뀌는 건 분명 멋없는 일이다. 하지만 관점을 살짝 바꿔서 보면 내가 사는 방식이 옳지 않았다는 걸 빠르게 인정하고 옳은 방향으로 수정한 사람이라는 뜻이기도 하다. 말하자면 삶의 태도가 유연한 거지! 그래, 잘못하는 걸 피할 수 없다면 반성이라도 빠르게 하면 되잖아. 이대로 늙는다면 적어도 고집쟁이 할머니가 되는 건 면할 수 있지 않을까? 여기까지 생각하니 마음이 한결 편해졌다. 좋았어, 앞으로는 오락가락하더라도 조금씩 정답에 가까워지는 삶을 살자. (이런, 또 다짐을 해 버렸네.)

언젠가 카페에서 책을 읽는데 건너편에 있던 친구가 "불편해 보이는데 왜 계속 그 자세로 있어?"라고 물어서, "그러게. 왜 이러고 있었지?" 하고 고쳐 앉은 적이 있다. 인생 1회차인 내게 있어 삶의 자세란 딱 그 정도의 단단함이 아닐까 싶다. 그러니 자꾸 변한다고 해서 너무 머쓱해하지 말아야지.

☀ ☁ ☾

별것 아닌 것 같지만 도움이 되는 작은 규칙

손바닥 뒤집듯 다짐이 바뀌는 건 분명 멋없는 일이다.
하지만 관점을 살짝 바꿔서 보면
내가 사는 방식이 옳지 않았다는 걸 빠르게 인정하고
옳은 방향으로 수정한 사람이라는 뜻이기도 하다.
그러니 자꾸 변한다고 해서 너무 머쓱해하지 말자.

겨울옷을 꺼낼 타이밍

옷장 앞에서 서성이는 시간이 길어지면 계절이 접히는 시기에 닿았다는 신호다. 30년이나 살았는데도 계절이 바뀔 때마다 새삼스럽다. 원래 바람이 이렇게 갑자기 차가워지나? 은행나무가 저렇게 샛노래졌었나? 작년에 분명히 겪었을 날씨인데도 매번 놀란다.

말이 나와서 하는 고백이지만, 정말이지 환절기는 남 눈치를 많이 보는 사람에게 난감한 계절이다. 어떤 옷을 입어야 날씨에 맞는 차림인지 모르겠다. 외출 전 바깥 풍경을 보고 가늠해 보려 해도 규칙 없이 제각각이라 막막하다. 반팔 티셔츠를 입은 사람부터 트렌치코트를 입은 사람, 스웨터 차림인 사람, 패딩 점퍼를 입은 사람까지. 뭘 입어야 춥거나 덥지 않으면서도, 유난스러워 보이지 않을지 아침마다 고민스럽다.

아니, 사실 날씨만 고려하면 그렇게까지 어려운 일은 아니다. 똑똑하고 친절한 날씨 어플이 어제와 온도 차를 비교해 주니 참

고하면 되고. 그것이 못 미더우면 베란다로 나가 창문을 열고 바람의 감촉이 어떤지 직접 느껴 보면 된다. 나는 추위를 많이 타는 편이므로 공기에서 찬 기운이 느껴진다 싶으면 검은색 스타킹을 꺼내 신으면 될 일이다.

문제는 내가 다른 이의 시선을 몹시 의식하는 사람이라는 데 있다. 막상 검은색 스타킹을 신고 집 밖을 나섰을 때를 상상해 보면 멈칫하게 되는 거다. 버스에 탔는데 나 혼자만 검은색 스타킹을 신고 있으면 어쩌지? "어머, 저 사람은 벌써 검은색 스타킹을 신었네. 보기만 해도 덥다."고 귓속말하는 승객이 있을지도 몰라. 그런 눈총을 받는다면 아마도 그날 내내 계절을 앞선 옷차림을 후회하며 집으로 돌아가기만을 기다려야겠지.

이쯤 걱정하고 나면 두툼한 스타킹은 슬며시 내려놓을 수밖에 없다. 그러곤 덜덜 떨며 적당한 타이밍을 기다리는 쪽을 택하게 된다. 과반수 이상이 겨울 패딩을 꺼내 입고, 주변에서 히트텍을 개시했다는 소식이 들릴 때까지. 물론 모두가 눈치 게임을 하고 있을 때, 용기 있게 FW 시즌의 개막을 알리며 겨울옷을 입는 사람들도 있다. 그렇게 승자(?)가 되는 방법도 있겠지만, 나는 언제나 위험을 감내하는 멋진 선구자보단 안전한 다수에 속하기를 바랐다. 설사 그들을 부러워하며 코를 훌쩍일지언정.

돌아보면 비단 옷 입기에서만 눈치 싸움이 일어나는 건 아니다.

나는 생활 모든 면에 있어서 눈치 싸움을 한다. 혼자 있을 땐 덤덤하게 잘 해내는 일도 지켜보는 눈이 존재하면 괜히 의식하고 버벅거린다. 한 계절 앞서 극세사 이불을 꺼내 덮지만 검정 스타킹 신기는 망설이고, 아는 사람이 없는 곳에선 밥도 술도 혼자 잘 먹지만 회사 주변에선 혼자 컵라면 먹는 것조차 꺼려 하는 것처럼. 가끔은 다른 사람에게 보여 지기 위해 사는 기분마저 든다. 보여 지는 걸 신경 쓰지 않는 사람은 없다고 정신 승리해 봐도 자괴감이 드는 건 막을 수 없더라. 모두가 바보라고 해서 내가 바보가 아닌 게 되진 않으니까.

다시 겨울옷 이야기로 돌아와서, 천만다행으로 나는 내게 맞는 속도로 겨울옷을 꺼내 입을 타이밍을 발견하게 된다. (덕분에 마이너스 0.5쯤 '덜 바보'가 되었다.) 때는 며칠 전, 트렌치코트 차림으로 늦가을 칼바람을 맞으며 잔뜩 웅크린 채 창경궁 돌담길을 걷는 중이었다. 눈앞에서 파란 불을 놓치고 신호등을 기다리다가 문득 뒤를 돌아봤는데 세상이 참 알록달록했다. 일찌감치 노란 가을 옷으로 갈아입은 은행나무부터, 반쯤은 여름 차림인 단풍나무, 아직은 때가 아니라며 푸른 옷을 고수하는 플라타너스까지. 저마다 자신만의 속도로 익어 가는 게 멋져 보였다. 그래, 이렇게 제각각인 게 자연스러운 거지. '10월 1일부터 가을, 11월 15일부터 겨울' 법으로 정해져 있는 것도 아니고. 원래 계절의 시작과 끝은 주관적인 건데. 남 눈치를 보긴 왜 봐.

그리하여 '겨울옷 꺼내기에 적당한 타이밍은 내가 추울 때'라는 뻔한 교훈을 얻었다는 이야기.

P. S.

이 글을 읽고 난 뒤 남편은 이런 반응을 보였다.

남편: 다 좋은 데 그걸 이제 안 거야? 내가 추우면 다른 사람 신경 쓰지 말고 그냥 패딩 입으라고 8년 전부터 말했잖아.

나: 세상엔 아무리 도움 되는 말을 해 줘도 내적 계기가 없으면 귓등으로도 안 듣는 사람이 있어. 그게 바로 나야.

남편: ……. (내가 바보랑 결혼했다니!)

밉지만 매일 봐야 하는 사람

"반가워요. 그런데 같이 일하면 아무리 좋은 사이라도 틀어질 수밖에 없어요."

아직도 첫 사수가 건넨 첫인사말이 또렷하게 기억난다. 뭐지? 앞으로 신나게 괴롭혀 주겠다는 선전포고인가? 그 말에 담긴 본심을 알아채지 못하고 벙쪄 있던 게 엊그저께 같은데. 벌써 사회 초년생이라고 부르기도 좀 민망한 7년 차 직장인이다.

나는 예언대로(?) 그녀를 미워하게 됐다. 겉으론 친구처럼 사이 좋은 사수와 부사수 관계로 보였을 수도 있지만, 같이 일하면서 그녀의 머리를 쥐어박는 상상을 얼마나 자주 했는지 모른다. 얄미운 얼굴을 매일 봐야 한다는 게 버거워서 직장을 그만둘 결심까지 한 적도 있다.

웃긴 건 누군가 그녀를 비난하면 맞장구를 치진 못할망정 시키지도 않은 옹호를 했다는 거다. "어디를 가든 또라이는 있다더니. 네가 똥을 밟았나 봐." 나를 위로하기 위해 상대에게 과장된 욕을 날려 주는 고마운 친구 앞에서도 그저 고개를 저을 뿐이었다.

왜냐하면 그녀는 또라이가 아니었다. 정말 이상한 사람들에 비하면 그녀는 대체로 상식적인 편이었다. 감정적으로 굴어서 관계를 망치지도 않았고, 무능력하지도 않았다. 그런 사람을 대체 왜 그렇게 미워했느냐 하면…… 그야 직장 동료니까. 우리 사이는 하루가 다르게 그녀의 말이 맞았다는 걸 증명하고 있었다.

"같이 일하면 아무리 좋은 사이라도 틀어져요."

직장이라는 게 참 그렇다. 필연적으로 서로의 감정을 상하게 할 수밖에 없는 구조다. 네가 휴가 가서 즐거운 만큼 내가 불행해져야 하는 구조. 우리 팀원에게 불필요한 잡무를 시키고 싶지 않다? 그럼 그 잡무는 누가 해? 어쩔 수 없다, 다른 팀 직원에게 떠넘겨야지. 이런 식이다. 그런 와중에 이건 고쳐라, 저건 다시 해라, 이 일의 책임자가 누구냐, 날을 세워야 하니. 제아무리 성인군자라도 순간순간 미워하는 마음이 생길 수밖에.

진짜 문제는 상한 감정이 채 회복되기도 전에 얼굴을 마주하고 껄끄러운 이야기를 또 해야 한다는 데 있다. 그런 일이 반복되는 과정에서 순간이었던 미움은 어느새 물에 넣은 미역처럼 불어나 직장 생활을 괴롭게 만든다. 경험해 본 사람은 알겠지만, 같은 공간에 있는 사람을 미워하기 시작하는 순간 그곳은 지옥이 된다. 그 사람이 웃는 것만 봐도 화가 나고(나한테 이래 놓고 웃음이 나와?) 엘리베이터에서 마주치는 것조차 숨 막히게 느껴질 테니까.
더 속상한 건 직장 동료가 내 일상에서 꽤 큰 비중을 차지하는
중요한 인물이라는 거다. 차라리 100퍼센트 비즈니스 관계라면
간단할 텐데. 매일 만나서 밥 먹고 커피 마시고 농담하며 부대
끼다 보니 알게 모르게 정이 든다. 어느새 직장 동료 이상의 의
미를 가지게 된 사람이 (그깟!) 회의실 사용 문제로 시비를 건다
면? 무리한 부탁을 한다면? 그 일로 그 사람과 데면데면해졌다
면? 어금니 사이에 뭔가 낀 것처럼 찜찜한 기분이 계속될 것이
다. 퇴근 이후에도 쭉!

　일단, 이번 생은 직장인이라는 것을 받아들여야 합니다.

『직장 내공』이라는 책을 쓴 저자가, 직장 생활을 더 잘할 수 있
는 단 하나의 내공이 뭐냐는 질문에 한 답이 뼈를 때리는 내용
이라 적어 두었다. 그렇다. 매달 갚아야 하는 빚과 생활비를 셈
해 보면 최소 20년은 꼼짝없이 직장인으로 남아야 한다. 그렇다
면…… 직장 동료와 나누는 크고 작은 갈등이 너무나도 지겹지
만 막상 그만둘 수는 없는 갑갑한 상황이라면 역시…… 정신 승
리를 하는 편이 이롭지 않을까?

그리하여 내가 찾은 꼼수는 이렇다. 친한 동료에게 배신감을 느

끼고 그걸 티 내지 않을 자신이 없어 금쪽같은 반차를 쓴 날이었다. 늦은 점심으로 나의 소울푸드 김밥을 먹으며 "나쁜 새끼. 네가 어떻게 나한테 이럴 수 있어?"라고 구시렁거리다 이런 생각이 들었다.

소울푸드 평생 안 먹기 vs 지금 신경 쓰이는 사람 평생 안 보기 둘 중 하나를 고르라면 망설임 없이 후자를 택할 것이다. 김밥보다 소중하지 않은 사람. 그렇게 말하고 나니 한결 마음이 가벼워졌다. 당장 내일 얼굴을 봐야 하는 사람이고, 함께 얽힌 관계도 많고, 앞으로 쌓을 커리어를 위해서도 중요한 사람이지만! 김밥보다 소중하지 않은 사람. 따지고 보면 평생 볼 필요는 없는 사람. 내 인생에 딱 하나만 남겨야 한다면 당연히 김밥이지. 3일만 안 먹어도 얼마나 먹고 싶은데! 그래, 김밥만도 못한 사람이랑 좀 틀어진다고 별일이야 있겠어? 뭐, 이러다 나중에 김밥 먹으면서 화해할 수도 있는 거고!

별것 아닌 것 같지만 도움이 되는 작은 규칙

소울푸드 평생 안 먹기 vs 지금 신경 쓰이는 사람 평생 안 보기
둘 중 하나를 고르라면 망설임 없이 후자를 택할 것이다.
따지고 보면 평생 볼 필요는 없는 사람.
그렇게 말하고 나니 한결 마음이 가벼워졌다.

모두 자기 얘기만 하는 대환장 시대에서

비밀인데, 다른 사람들이 얘기할 때 딴생각을 자주 한다. 얼마 전 친구들과 커피를 마시다 내 집중력이 얼마나 짧은지 새삼 실감했다. 딱 10분이다. 한 사람의 독백이 그 이상을 넘어가면 이후부터는 이야기가 언제 끝나는지만 기다린다.

그날 친구는 요즘 친하게 지내는 사람들 얘기를 하던 중이었다. 얼굴도 이름도 모르는 이들과 지난 주말에 술 마신 얘길 한참 듣다 보니 문득 이런 생각이 들었다. 인간은 자기 얘기 하는 걸 참 좋아하는 동물이구나(물론 나도! 사실 내 얘기가 하고 싶어서 글 쓰는 직업을 선택했다).

언젠가는 이런 일도 있었다. 점심때 만나서 저녁때 헤어졌는데, 가만 생각해 보니 종일 걔 얘기만 듣다 온 것 같아 기분이 묘했다. "요즘 어떻게 지내?"라고 묻기에 "똑같지 뭐. 너는?"이라고 예의상 되물었을 뿐이었다. 걔가 기다렸다는 듯 "할 말이 많다."라고 선언할 줄은, 우리가 만나지 못한 동안 자신에게 일어난 일을 1절부터 4절까지 간주 점프도 없이 쏟아낼 줄은 예상치 못했다. 데이트라기보단 방청객 아르바이트에 가까운 시간이었다. 그날 밤 침대에 누워 텅 빈 천장을 올려다보다가 문득 쓸쓸해졌다. 그 애는 내가 보고 싶어서 연락한 게 아닌 듯했다. 그저 자기 얘길 들어줄 누군가가 필요했을 뿐.

반면 하고 싶은 얘길 실컷 한 이들은 대체로 나와의 만남을 만족스러워했다. 자기 얘길 진심으로 재밌게 들었다고 믿는 것 같았다. "오늘 진짜 재밌었어. 너랑 만나면 너무 즐거워. 우리 앞으로 자주 만나자!" 이런 메시지를 받았을 때. 그게 아니라 너랑 계속 잘 지내고 싶어서 그냥 듣는 척한 거라고는 차마 말하지 못했다.

"내가 그렇게 매력이 없나? 왜 아무도 나한테는 관심이 없지?" (어째서 이야기가 이쪽으로 튀었냐 하면, 나에겐 어떤 상황이 닥쳐도 자기 비하로 결론을 맺는 악취미가 있기 때문이다.) 친해지고 싶은(혹은 계속 친하게 지내고 싶은) 사람을 만나면 뭐라도 묻는 게 자연스럽지 않나? 요즘 뭘 좋아하는지, 힘든 일은 없는지. 굳이 나서서 말하지 않아도 물어봐야지. 어쩜 다들 그렇게 자기 얘기만 주야장천 할 수가 있어? 혹시 내가 좋은 게 아니라, 자기 얘기 잘 들어 주고 맞장구 잘 쳐 주니까 만나는 건가? 막연한 서운함과 외로움이 느닷없이 밀려왔다.

142

하지만 이런 문제로 고민하고 있다는 사실에 자존심이 상해서 누구한테 얘기도 못했다. 그렇게 혼자서만 끙끙 앓다가 오랜만에 만난 후배에게 다 말해 버렸다. 몇 년 전까지만 해도 나랑 같이 술 마시고 궁상떨던 애가, 어느새 꽤 영향력 있는 인플루언서가 돼서 아직도 적응이 안 되지만. 어쨌든 이런 고민을 털어놓기엔 아주 적당한 인물이었다.

일단 민망함을 무릅쓰고 가벼운 칭찬으로 운을 뗐다.

"야, 너는 인스타 스타잖아. 팬도 많고……."

후배가 다 식은 마라샹궈를 뒤적이다 말고 질색했다.

"갑자기요? 또 저 놀리려고 그러죠? 됐습니다."

"그게 아니라. 나 진짜 궁금한 게 있어서 그래. 너랑 만나면 사람들이 네 얘길 듣고 싶어해? 막 이것저것 물어보고? 자기 이야기만 하는 게 아니라?"

그제야 후배는 내 고민을 진지하게 받아줬다.

"무슨 일 있어요?"

"요즘 만나는 사람마다 내 앞에서 TMI 대잔치만 벌여서 회의감이 들어. 내가 별로 알고 싶지 않은 사람이란 뜻인가?"

여기까지 듣고 한참을 혼자 피식거리던 후배는 실소와 함께 입을 열었다.

"선배, 내가 말 안 했나? 몇 달 전부터 계속 연락 오는 사람이 있었거든요? 팬이라고 꼭 한번 얼굴 보면서 이야기 나눠 보고 싶대요. 그래서 결국 만났는데, 3시간 동안 자기 얘기만 하다가 갔어요."

"……그럴 거면 널 굳이 왜 만난 거야?"

"사람들은 다 똑같아요. 남의 얘기에 관심 없어. 지 얘기만 재밌어하지."

아……. 갑자기 정신이 번쩍 들었다. 좋아하는 사람을 만나도, 매력적인 상대를 앞에 두고도, 인간은 자기 얘길 하고 싶어하는구나. 대단하다. 이것도 식욕, 수면욕 뭐 이런 원초적인 욕구의 일종인가? 그래서 우리가 자꾸 외로워지나? 그토록 말하고 싶은데 들어 주는 사람이 없어서?

모두가 자기 얘기만 하는 대환장의 시대에서 어떻게 살아가야 할까. 이 문제에 대해 한번 신경 쓰기 시작하니까 사람 만나는 일이 전보다 몇 배는 더 피곤해졌다. 누군가 유독 말을 길게 하면 얄미워서 천불이 났고(저 사람은 자기 얘기만 하네. 내 소중한 시간을 왜 남의 하소연 들어 주는 데 써야 해?), 사람들과 헤어지고 난 뒤엔 자기혐오에 시달렸다(너무 내 이야기만 했나? 다들 날 싫어할 거야).

그러다 다소 유치하지만 효과적인 방법을 발견했다. 별건 아니고, 우리의 대화에 돌아가면서 얘기하는 시스템을 도입하는 거다. 마치 토크쇼처럼! 한 사람이 토크 지분을 너무 독점하고 있다 싶으면, 아무나 나서서 발언권을 다음 순서로 넘긴다. "오늘

소연이 얘길 못 들었네. 소연인 어떻게 생각해?"

누군가와 관계를 맺고 유지하기 위해서는 적지 않은 시간과 돈이 든다. 다시 말하면, 여기는 약속 장소에 모인 모두가 귀한 시간과 돈을 투자해 만들어진 자리라는 뜻이다. 그러니 특정인이 자기 얘기를 욕심껏 하기 위해 나머지 사람을 들러리로 만드는 건 곤란하다.

거듭 말했듯이, 내 얘길 하고 싶은 마음은 다들 마찬가지니까. 어른이라면 한정된 자원(물론 그 자원엔 토크 지분도 포함이다.)을 사이좋게 나누어 쓸 줄 알아야 한다. 듣고 있니, 사랑하는 욕심쟁이들아?

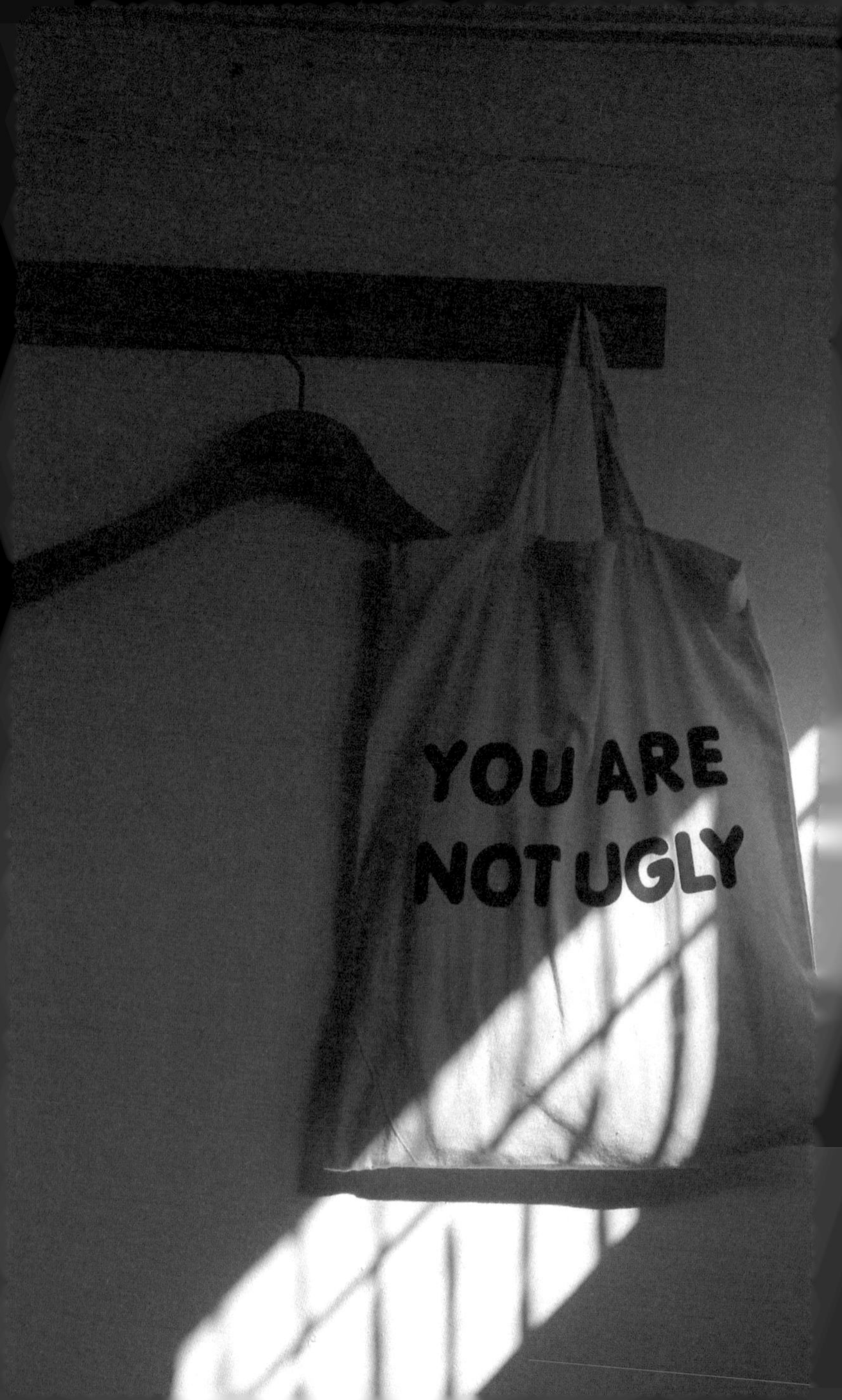
YOU ARE
NOT UGLY

내게 무해한 사람은 어디에 있을까

기쁜 날은 아주 기쁘고 힘든 날은 죽을 만큼 힘들다. 한 사람의 인생인데 매일의 온도가 이렇게 달라도 되나 싶다. 살다 보면 주기적으로 가혹한 날이 찾아온다. 화장실도 못 갈 만큼 바쁜데 되는 일 하나 없고. 종일 싫은 소리를 들은 탓에 마음에서 덜 마른 빨래 냄새가 나는 날. 하지만 나도 이제 은행 빚과 가정이 있는 어엿한 성인이므로. 이런 수치쯤은 눈에 먼지가 들어갔다고 생각하고 견뎌야 한다. 당장은 너무 아파서 눈물이 줄줄 나오지만, 조금 울고 나면 언제 그랬냐는 듯이 괜찮아지겠지.

눈에 먼지가 들어간 날이면 누구라도 만나고 싶어지는데 정작 나의 친구 목록에는 만나고 싶은 사람이 없어서 외로워진다. 친구들이 들으면 서운해할 소리지만 사실이다. 물론 나에겐 좋은 친구가 많이 있다. 과거에 걔들한테 받은 것들을 문득 떠올리곤 고마워서 코가 맹맹해질 때도 있다. 하지만 당장 전화를 걸 사람은 없다. D에게 연락해 볼까? 아니야, 어제도 새벽에 퇴근했다던데. 전화해 봤자 받지도 않을걸. 그럼 Y는 어떨까. 워킹맘에게 평일 저녁 급만남을 요청하는 건 실례지. 직장 동료들과는 만남 내내 회사 욕만 하게 될 것 같고. P는 오늘 같은 날 만나기 좋은 친구가 아니다. 입이 거친 친구는 나에게 종종 상처를 주곤 하니까. 오늘만큼은 싫은 소리를 더 듣고 싶진 않다.

유치하지만 한때 드라마 〈심야식당〉의 마스터 같은 친구가 생기길 꿈꿨었다. 바꿔 말하자면 내게 무해한 사람이 있는 안전한 공간을 확보하고 싶었다. 상태가 안 좋은 날에 불쑥 찾아가도 언제나 그 자리에 있는. 친구라고 하지만 관계의 본질은 식당 주인과 손님이라 서로에게 무리한 걸 바라지 않는 사이. 상처가 될 만한 긴 대화를 나눌 필요도 없고, 가벼운 마음으로 익숙한 메뉴를 시켜 먹으면서 "오늘도 힘들었지?" "힘내라." 정도의 온기만 주고받아도 충분한 관계. 하지만 드라마가 아닌 현실 속에 그런 게 있을 리 없었다. 사람과 사람이 만나면 필연적으로 유해해진다. 특히 내 마음에 여유가 없는 날이면 더더욱.

퇴근 후 남편과 함께 집으로 돌아가는 길이었다. 같은 직장에 다니며 같은 집에 사는 우리는, 평소처럼 각자 오늘 하루 있었던 일에 관해 이야기한 후 저녁 식사 메뉴를 정하고 있었는데. 그만 엉뚱한 포인트에서 마음이 상해 버렸다. 두 사람 모두 힘든 하루였으므로 맛있는 걸 먹자! 여기까진 좋았다. 그런데 뭘 먹지? 남편이 좋아하는 음식인 초밥은 내가 별로 안 당기는데. 그렇다고 떡볶이를 먹자니 분식을 싫어하는 남편이 신경 쓰이고. 불쑥 짜증이 났다. 안 그래도 오늘 힘들었는데 왜 이런 것까지 고민해야 해?(누가 뭐랬나!) 저녁 메뉴 하나 양보 못 하는 나의 쪼잔함이 싫었고 이런 기분을 느끼게 만든 남편이 괜히 미웠다. 만약 그에게 내 상태에 관해 설명하고 양해를 구했다면 이해해 줬을 것이다. 하지만 그럴 기력이 없었다. 찬찬히 설명하고 설득하는 일에는 에너지가 필요하다. 이대로 함께 저녁을 먹었다가는 남편에게 괜한 화풀이를 하게 될 것 같아서 나는 파업 선언을 했다. "미안한데 나 사회생활이 불가능한 상태야. 저녁은 각자 먹자. 집 앞에 좀 내려 줄래?" 착한 남편은 순순히 내 요구를 들어줬다. "그래, (시무룩) 나 영화 보고 올게. 사이좋은 상태로 다시 만나자!"

혼자가 된 나는 어디 가서 혼술이나 할까 생각하다가 편의점에서 컵라면과 맥주를 샀다. 식당에 감으로써 생기는 위험, 가령 시끄러운 손님이 있다든지, 메뉴가 맛이 없다든지 하는 불운을 감수하고 싶지 않았다. 그보다는 좀 외롭더라도 안전한 우리 집에서 케첩 맛이 나는 라면과 맥주를 먹는 편이 나을 것 같았다. 말끔히 정돈된 집에 들어가니 과연 기분이 한결 나아졌다. 역시 주말에 청소해 두길 잘했지. 렌즈를 빼고 화장을 지우고 잠옷으로 갈아입었다. 진짜 안전한 곳에서만 할 수 있는 차림이었다. 물이 끓는 동안 술 마시기에 알맞게 조명을 조절하고 좋아하는 유튜브 채널을 틀었다. 래퍼들이 나와 술을 마시는 영상인데, 그들이 술에 취해 자기 변호를 하는 모습을 보면 이상하게 마음이 편안해졌다.

컵라면을 싹싹 긁어먹고 맥주 두 캔까지 다 비웠을 즈음 나는 평정심을 찾았다. 눈에서 먼지가 빠지고 나니 새삼스레 긍정의 기운도 솟았다. 그래, 직장이 있으니까 이런 집에서 라면이랑 맥주도 먹을 수 있는 거지. 그러고 보니 영화 끝날 시간 다 됐네. 남편에게 제멋대로 굴어서 미안하다고 사과해야겠다. 고작 한 시간짜리 유튜브 영상을 보는 사이에 사과할 마음이 생길 정도로 마음이 회복됐다니. 신기했다.

그러고 보니 내게 진짜 필요했던 것은 무해한 사람이 아니라 혼자서 회복할 시간이 아니었나 싶다. 내가 좋아할 만한 공간에 데리고 가서, 내가 즐겨 먹는 음식과 술을 대접하고, 내 이야기를 내가 원하는 방식으로 들어 주는 일. 그걸 타인에게 바랄 수 있을까? 나보다 나를 더 잘 아는 남편이라도 그 배역을 소화하긴 어려울 것이다. 죽을 만큼 힘든 날이 언제인지 아무도 예상할 수 없고, 자기 몫의 인생이 있는 인간이라면 24시간 나를 위해 대기하고 있을 순 없을 테니까.

어쩌면 내게 무해한 사람은 오직 나만이 소화할 수 있는 역할이었을지도 모르겠다. 그러니 친구를 찾기 전에 나부터 나에게 무해한 사람이 되어 주어야지. 아무래도 그게 먼저인 것 같다.

｜｜｜

별것 아닌 것 같지만 도움이 되는 작은 규칙

이미 생각을 너무 많이 해서 뭘 먹을지 결정하는 것조차 버거운 날엔
모든 판단을 유보하고 머리가 조금이라도 총명할 때 짜둔 리스트를 따른다.

응급할 때 보세요. 믿고 먹는 식사 메뉴 리스트

1. 편의점에서 파는 스파게티 맛 컵라면(구하기 쉬운 게 최고!)

2. 집 앞 마트 푸드 코너의 떡볶이(생활 반경에서 가까운 곳일 것!)

3. 회사 건너편 해장국 집에서 파는 진짜 시원한 황태국

평범해도
시시하지 않게
나를 기르는 요령

그렇게 하면 제가 너무 드러나잖아요

몇 년 전 '글 쓰는 생활인들'이라는 모임을 진행했다. 뭐 대단한 걸 한 건 아니었고, 토요일 점심 즈음 모여서 각자 쓰고 싶은 글을 2시간 정도 썼다. 그리고 원하는 사람에 한해서 완성된 글을 돌려 읽었다.

모임에 참여한 사람들은 말 그대로 생활인, 그러니까 노동을 해서 자기의 생활을 책임지는 이들이었는데. 평일 내내 시달린 사람들을 굳이 주말에 불러내서 하는 일치곤 너무 시시한 게 아닐까 싶어 시작 전부터 걱정이 많았다. 더구나 나는 주도적으로 사람들을 모으는 게 난생처음인 쌩초보 모임장이었다.

그래서 모집 공고에 '좋은 글을 쓰는 게 아니라 마음이 괜찮아지는 게 목표인 사람'과 함께하고 싶단 뉘앙스를 은근히 담았다. 먹고 사느라 애쓰다 보면 마음이 못생겨지는 법이니까.

사실 이 모임을 만들게 된 배경에는 '누구든 나를 자세히 봐 주었으면' 하는 개인적인 갈망이 담겨 있었다. 아무한테도 발견되지 못하고 쓸쓸하게 낡아 가는 현실이 속상했기 때문이다. 분명 내 안에도 반짝이는 조각이 있었던 것 같은데. 언제부터 회색 인간으로 지내는 게 익숙해져 버렸는지. 이 모임을 통해 밀린 빨래나, 부진한 성과, 통장 잔고에 가려져 흐릿해진 나의 반짝임을 끄집어내고 싶었다. 차분히 앉아서 나에 대해 쓰고 누구에게든 보여 주면 잃어버렸던 무언가를 찾을 수 있을 것도 같았다. 그리고 그 상대는 기왕이면 나의 감정이나 상태에 조금의 책임도 없는 낯선 사람이 좋을 듯했다. 새 출발을 할 때는 낯선 관계가 편한 법이니까.

그리하여 얼굴도 이름도 모르는 완전한 타인 열 명으로 구성된 '글 쓰는 생활인들'이 시작된 거다. 모임의 장으로서 내가 정한 규칙은 딱 하나, 여기서 읽고 들은 것은 철저히 비밀로 할 것. 상대에 대해 아는 건 별로 없지만, 마음속에 꼭꼭 숨겨둔 이야기만은 공유한 비밀 친구가 됐으면 했다.

우리는 2주에 한 번씩 신촌 기차역 앞 낡은 상가 건물에서 모였다. 모임 장소에는 늘 암막 커튼이 쳐져 있어서 한낮인데도 밤처럼 느껴졌다. 첫 모임 주제는 '내 마음을 무장 해제시키는 것들'이었다. 모임 전날 밤 미리 단체 문자를 보내 두었다. 자기소개 대신 좋아하는 것의 목록을 준비해 와 달라고. 백지에 무언가를 채우는 부담을 줄이기 위해 장소, 시간, 날씨, 영화, 기타 등등 항목을 나누어 간단한 질문지를 만들었다.

낯선 사람을 만나면 흔히 하는 질문들, 이를테면 나이나 사는 곳 하는 일 같은 것을 나누고 나면 더 이상 할 수 있는 말이 없을 것 같았기 때문이다. 그것보단 좋아하는 것에 대해 이야기하는 게 나을 듯했다. 사람들은 좋아하는 것 앞에선 무장 해제가 되곤 하니까. 무표정으로 길을 걷던 이가 강아지나 아기를 보고 활짝 웃는 것처럼. 좋아하는 장소가 어딘지, 좋아하는 계절은 언젠지, 하루 중 어떤 시간을 가장 좋아하는지. 그런 것들에 대해 이야기하다 보면 모두가 자연스럽게 '나의 좋은 모습'을 찾을 수 있을 거라 기대했다.

모임 초반은 생각보다 순조롭게 진행됐다. 진행자(=나)가 한껏 긴장한 탓에 말이 자꾸 빨라졌던 것만 빼면. 착한 사람들은 미숙한 진행자를 너그러운 마음으로 이해해 주었다. 모집 공고를 공들여 쓴 보람이 있었는지, 내가 의도했던 것과 비슷한 목적을 가지고 모임에 참석한 사람이 대부분이었다. 아무도 대단한 걸 배우거나 엄청난 발전을 하게 될 거라고 기대하진 않는다고 했다. 일단 내 글을, 나를 쓰는 게 목표인 사람들이었다.

"그럼 이제부터 준비해 오신 목록을 읽어 주시면 됩니다. 흰색 티셔츠 입은 분부터 시작할까요?" 이제부터 마음을 내려놓고 사람들의 이야기를 들어 볼까 싶었는데, 안타깝게도 세 번째 사람 차례에서 대화가 뚝 끊겼다. 좋아하는 영화에 대해 말하던 목소리가 조금씩 잦아들더니 끝내는 아무 소리도 들리지 않게 된 것이다. 그녀가 고개를 푹 숙인 채 머뭇거리는 사이 나는 애써 침착하게 상황을 정리해 보려고 했다. "우리 이야기하기 곤란한 항목은 그냥 넘어가기로 할까요?" 그 친구가 왜 머뭇거렸는지 모른 채로 어영부영 옆 사람의 차례로 넘어갔다.

하지만 그 이후에 발표하는 사람들은 어째서인지 답변을 반쪽씩만 털어놓았다. 씩씩하게 자신의 목록을 읽던 다음 사람은 "좋아하는 작가 항목은 패스할게요."라고 말했고, 그다음 사람도, 그다음의 다음 사람도 항목을 두세 개씩 줄여 말했다. 결국 마지막 사람의 차례쯤 되자 답변을 공개하는 항목과 그렇지 않은 항목이 반반 정도 됐다.

예상치 못한 전개 속에 흔들리는 눈빛을 감출 수 없었다. 질문지가 잘못된 것일까? 일단 '사람들은 좋아하는 것에 대해 이야기하는 것을 무조건 좋아한다.'는 가설은 틀린 게 분명했다. 그때 한 여자분이 분위기를 띄우기 위해 어색하게 뱉은 말이 구원투수가 됐다.

"좋아하는 것에 대해서 이야기하는 것도 쉬운 일이 아니네요."
이때다 싶어 동의를 구하는 간절한 눈빛과 함께 말꼬리를 잡았다. "그러게요. 왜 우리는 머뭇거리게 되는 걸까요?" 고개를 숙이고 있던 누군가가 작은 목소리로 말했다.

"취향을 들키는 게 부끄러워요"

그 말을 들으니 오래전에 했던 소개팅이 생각났다. 상대는 문예창작학을 복수 전공 중인 영화학도였다. 소위 말해 예술에 조예가 깊은 타입이랄까. 나는 그 사람이 꽤 마음에 들었다. 그가 제일 좋아하는 작가가 누구냐고, 가장 좋아하는 책이 뭐냐고 물었을 때 나는 반사적으로 머뭇거렸다. 그 단순한 질문으로 내 취향이 재단될 것 같아서 두려웠기 때문이다.

또 술 마시고 실수하는 사람이 자주 등장하는 어느 감독의 영화속 한 장면도 떠올랐다. 나와 이름이 같은 여자 주인공이 등장하는 영화였다. 여자는 산책 중에 헌책을 파는 곳을 지나게 되는데, "내고 싶은 만큼만 내고 가져가면 된다"는 말에 이렇게 답한다. "그렇게 하면 제가 너무 드러나잖아요."

염소처럼 떨리는 목소리로 진행 미숙을 사과하며 그날의 모임은 마무리되었다. 녹초가 된 채로 건물을 나서니 남편이 나보다더 긴장한 얼굴로 나를 기다리고 있었다. 생애 첫 모임 주최를앞두고 밤새 마음을 졸이는 과정을 옆에서 지켜본 이다운 표정이었다.

"어땠어? 잘했어?"

나는 시무룩함과 씩씩함을 반반씩 섞어서 답했다.

"아니. 근데 앞으로 뭘 해야 될지는 알겠어."

우리는 누군가에게 발견되기를 바란다. 하지만 그렇다고 해서 나의 전부를 드러내고 싶은 것은 아니다. 엎친 데 덮친 격으로 나의 어떤 면이 타인의 눈에 띄었으면 좋겠는지는 자기 자신조차 모른다.

그러니 앞으로 우리 모임에서 해야 할 일은, 나의 세계 중 어떤 구역을 타인에게 공개하면 좋을지 각자 알아낼 것. 그리고 그것을 어떤 방식으로 전시해야, 어떤 언어로 표현해야 내가 원하는 방향으로 이해받을 수 있을지 연구할 것.

생활인들의 주말을 빼앗아 가며 너무 시시껄렁한 글만 쓰게 될까 봐 걱정했는데 그 정도면 충분히 거창한 것 같아 마음이 놓였다.

P.S.

그렇게 여름과 가을 두 계절을 함께하고 우리는 헤어졌다. 그 모임에서 듣고 읽었던 이야기들은 여전히 비밀인 채로 간직하고 있다. 한편, 내 노트에는 모임을 진행하면서 적은 메모들. 멤버 개인(혹은 그가 쓴 글)에 대한 코멘트들이 아직 남아 있는데, 다시 읽어 보면 참 재밌다. 첫 모임 메모엔 흰 티셔츠를 입은 사람, 커트 머리 여자, 목소리가 작은 사람 정도의 간단한 인상만 적혀 있다. 그런데 마지막 모임 직전의 메모를 보면 영화나 드라마의 주인공을 보고 쓴 듯한 긴 감상이 담겨 있다. 몇 달간 사람들의 글을 읽으면서 그 서사에 매료된 거다. 역시. 세상에 평범한 사람은 없는 것이다. 내가 잘 모르는 사람이 있을 뿐.

☀ ☁ ☾

별것 아닌 것 같지만 도움이 되는 작은 규칙

우리는 누군가에게 발견되기를 바라는데,
나의 어떤 면이 타인의 눈에 띄었으면 좋겠는지
사실은 자신도 잘 모른다.
그러니 나의 어떤 면을 드러내고 싶은 것인지 스스로 알아낼 것.
그리고 그것을 어떤 방식으로 전시해야, 어떤 언어로 표현해야
내가 원하는 방향으로 이해받을 수 있을지 연구할 것.

나 자신과의 권태기에 대처하는 방법

관계에 권태기가 오면 숨 쉬는 소리만 들어도 짜증이 난다고 한다. 큰일이다. 요즘 권태기에 빠진 것 같다.

얼마 전 퇴근하고 필라테스 수업을 받은 날이었다. 사실 그날 일이 너무 많아서 수업을 들을 수 있는 상황이 아니었는데, 끝나고 사무실로 돌아올지언정 운동은 꼭 하고 싶었다. 나와 한 약속 때문에 센터까지 나와서 기다리고 있을 선생님께 죄송하기도 했고, 솔직히 돈도 아까웠다. (당일에 취소하면 1회 수업료가 그냥 날아간다. 야근하느라 돈도 잃고 건강도 잃는 것 같아서 괜히 억울했던 것 같다.)

사무실을 나서기 직전까지 갈까 말까 고민하다가 결국 5분이나 늦어 버렸다. 허겁지겁 운동복으로 갈아입고 겨우 거울 앞에 섰는데…… 짜증이 불쑥 났다. 거울에 비친 내 모습이 꼴 보기 싫었다. 충혈된 눈과 구부정한 자세, 구석구석 붙은 군살까지. 아름다움과는 거리가 먼, 삶에 찌든 몸뚱이가 거울 안에서 허우적대고 있었다. '이게 나라고? 왜?!' 눈물이 터지려는 걸 꾹꾹 눌러 가며 운동을 했다. 그리고 사무실로 돌아와 자리에 앉자마자 엉엉 울었다. 갑자기 나 자신이 너무 지겹고 싫어서 견딜 수 없었다. 외면과 내면 모두 총체적으로 마음에 안 들었다. 아무래도 권태기에 빠진 게 분명했다. 다른 누구도 아닌 나와의 권태기 말이다.

나 자신과의 관계에도 권태기가 생길 거라곤 예상하지 못했다. 무슨 연애도 아니고, '나를 사랑한다'는 말은 그냥 비유적인 표현인 줄 알았는데. 웬걸. 이것도 사랑이라고 할 건 다 하는 모양이다. 타인을 사랑할 때와 마찬가지로 번거로운 과정을 꼬박꼬박! 내가 왜 이렇게 사랑 처음 해 본 모태 솔로처럼 새삼스럽게 구냐면, 연애는 많이 해 봤지만 나를 진심으로 좋아하게 된 건 아주 최근의 일이기 때문이다. 30년이나 나로 살았지만 정식으로 만난 지는 얼마 되지 않은 셈이니 서툴 수밖에.

그건 그렇고, 아무래도 이상했다. 갑자기 이렇게 엉망이 될 수가 있나? 불과 한나절 전까지만 해도 동료들과 밥 먹고 커피 마시며 낄낄거렸던 것 같은데. 얼마 전엔 인스타그램에 낯간지러운 감탄("나 자신을 사랑하고 주어진 것에 감사하는 삶이란 이런 거구나!")을 써서 올리기까지 했는데. 역시 입이 방정이다.

여기까지 생각을 정리하다가 문득 내가 참 한결같은 애라는 걸 깨달았다. 어디서 많이 보던 패턴이었다. 내 인생에서 권태기는 늘 이런 식으로 시작됐다. 외부 상황은 변한 게 하나도 없는데 내가 변덕을 부리는 바람에 마음이 지옥으로 변하곤 했다.

나는 전형적으로 '익숙함에 속아 소중한 것을 잃는' 타입의 인간이다. 스무 살 때부터 쉬지 않고 연애를 해 왔으므로 다양한 상대와 꽤 많은 권태기를 겪어 봤다. 사실 연애 중 권태기가 찾아오는 건 딱히 무섭지 않았다. 아무리 지독한 권태기라도 극복할 수 있는 최후의 수단이 있었으니까. 헤어지면 된다.

그런데 나 자신과의 권태기는? 답이 없다. 나랑 헤어질 순 없잖아. 불현듯 나를 미워하느라 날려 버린 나의 이십 대가 스쳐 지나갔다. 위험에 처했다는 걸 직감적으로 알 수 있었다. 이제야 좀 사람답게 사나 싶었는데. 이렇게 또 망하는 건가? 심란했다.

내가 가진 몇 안 되는 장점 중 하나는, 망할 것 같은 순간 직전에 정신을 차리는 능력이다. 이번 생은 망했다고, 삶에 미련이 없는 양 떠들고 다니지만 진짜로 망해 버리는 건 무서워하는 쫄보랄까.

그래서 지난 한 달간은 나 자신의 비위를 맞추는 데 최선을 다했다. 아무 날도 아닌데 예쁜 옷도 사 주고, 안 가 본 동네에 데리고 가서 맛있는 것도 먹였다. 연인에게 "마지막으로 기회를 한 번만 더 달라."며 매달리는 사람이 된 기분이었다.

지난 주말엔 가을 바다를 보러 양양에 갔다. 파도 소리를 들으며 잠에서 깨서 따뜻한 커피를 내려 마셨다. 멍하니 앉아 노래를 다섯 곡쯤 듣고 나니 배가 고파져서 계란 한 판과 즉석 밥을 사 왔다. 평소엔 밥 한 공기에 계란 프라이 한 개만 얹어 먹는데, 그날은 내가 가진 계란 여섯 알을 전부 깨서 프라이팬에 넣었다. 태어나서 만든 간장 계란 밥 중에 제일 맛있다고 감탄하며 촉촉하고 고소한 밥을 꼭꼭 씹어 먹었다. 간만에 느긋하고 만족스러운 아침이었다.

그러고선 차로 30분 거리에 있는 고급 목욕탕에 가서 머리부터 발끝까지 깨끗하게 씻었다. 목욕을 마치고 머리를 말리는데 이번엔 거울 속 내 모습이 그다지 미워 보이지 않았다. 기분이 좋아서 그런가, 잠을 충분히 자서 그런가. 아무튼 내 모습이 꼴 보기 싫어서 눈물까지 났던 권태기의 절정은 지난 듯해서 다행이었다. 서울로 돌아오는 차 안에서 마음이 반쯤 풀린 애인을 달래듯 나와 약속했다. 앞으로는 아무리 바빠도 나를 돌보는 데 소홀해지지 않기로.

앞으로 살면서 몇 번의 권태기를 더 겪게 될까. 그때도 지금처럼 무사히 넘어갈 수 있을까. 하여간 인생엔 쉬운 게 하나도 없구나. 타인과의 관계도 나와의 관계도. 그런 생각을 하며 깜빡 졸았다. 신호등 너머로 익숙한 건물이 보였다. 다시 서울이었다. 그리고 내일은 출근……. 숨 쉴 틈 없이 바쁜 업무가 어김없이 기다리고 있겠지. '나에게 소홀히 대하지 않기.' 잊어 버리기 전에 커다랗게 써서 사무실 책상에 붙여 놔야겠다. 권태기가 재발하면 곤란하니까.

팔지 못하는 재능을 어디에 쓰나 하면

얼마 전 초저녁잠을 자 버린 탓에 애매한 시간에 깼다. 시계를
보니 대략 새벽 3시쯤. 딱히 배가 고픈 건 아니었는데 뜬금없이
김치죽이 먹고 싶었다. 정확히는 퇴사한 후배 주연이가 회의실
구석에서 가스버너로 끓여 줬던 바로 그 김치죽. 급하게 만든
어설픈 해장 음식이 왜 갑자기 먹고 싶어졌는지 아직도 잘 모르
겠지만, 아무튼.

그날따라 평소엔 쥐어 짜내려고 해도 안 생기던 의욕이 솟구쳐
들뜬 마음으로 싱크대 앞에 섰다. 간단한 요리라서 레시피를 찾
아볼 필요도 없었다. 신 김치를 잘게 다진 후 들기름을 넣고 볶
다가 냉동 만두 세 개와 즉석 밥을 넣고 잘 섞는다. 물을 자작하
게 붓고 치킨스톡(손톱만 한 양으로도 밤새 푹 곤 진한 국물 맛을 내주는
마법의 식재료)을 조금 넣은 후, 육수가 자작하게 졸아붙을 때까지
저어 주면 끝! 15분도 안 돼서 완성된 뜨끈한 죽을 냄비째로 몇
숟가락 떠 먹고는 만족스러운 마음으로 다시 누웠다.

언제부턴가 부엌에서 보내는 시간을 좋아하게 됐다. 재료를 손질하는 일도, 굽고 찌고 끓이는 과정도, 완성된 음식을 예쁜 그릇에 담아 맛보는 것도 모두 즐겁다. 엉망이 된 부엌을 다시 깨끗하게 만드는 일까지 해내고 나면 스스로를 잘 돌보며 사는 기분이라 한껏 뿌듯해진다.

나는 낮은 자존감으로 뭉쳐진 주먹밥 같은 존재지만 요리를 할 때만큼은 자신감이 넘친다. 만들어 본 적 없는 음식도 대담하게 도전하고, 내키는 대로 레시피를 변형하기도 한다. 그래도 제법 맛있다. 물론 요리사가 만든 것처럼 조리법이 정교하진 않지만, 좋은 날 좋은 사람들과 모여 기분 좋게 나눠 먹을 정도는 되지 않을까 싶다.

요리에 재미가 붙기 시작한 건 뭘 만들어 줘도 맛있게 먹는 전 애인이자 현 남편을 만난 이후부터인데, 그 전까진 '요리 같은 건 못 해.'라고만 생각했다. 하지만 냉동 볶음밥 위에 계란 프라이 하나만 얹어 줘도 "너무 맛있다!"며 물개 박수를 쳐 주는 사람과 8년이나 만난 덕분에 기분 좋은 착각 속에 살게 됐다.

그리고 의외로 남편뿐만 아니라 모두들 내가 만든 음식을 좋아했다. 친구들은 TV 프로그램을 보고 어설프게 따라 만든 새우 요리나 파스타를 먹으면서도 호들갑을 떨어 줬고, 입맛이 까다로운 아빠마저도 "네 엄마가 끓인 찌개보다 낫다."(아빠 언어에 의

하면 최고의 찬사다.)고 칭찬했다.

"간 좀 봐 봐. 맛있지? 나 정말 요리에 재능 있는 거 아닐까?" 지
난 주말 막 끓인 우거짓국을 후후 불어 남편에게 떠먹여 주다가
내 입에서 나온 말에 내가 놀랐다. 재능이라니. 초등학교 때 백
일장 나가서 장려상 탄 이후로 스스로에게 이런 평가를 내린 적
은 단 한 번도 없었다. 오히려 뭔가를 잘한다 싶으면 더 뛰어난
이와 지레 비교하며 소금을 뿌리는 편에 가까웠다. '이 정도 재
능으론 잘하는 축에도 못 껴.' 그러던 내가 미리 주눅 들지 않고,
다른 사람과 비교하려 들지도, 더 잘하려고 욕심을 부리지도 않
고 스스로를 인정하다니. 새삼 신기했다.

그건 아마도 내게 요리가 '그 정도'로만 잘해도 되는 영역에 속
해 있기 때문일 것이다. 나는 요리사도, 요리사 지망생도 아니
니까. 내 음식을 사람들에게 판매할 필요가 없다. 내 돈으로 재
료를 사서 내 시간을 들여 요리를 한 후 좋아하는 소수의 사람
들에게만 먹이면 된다. 대가를 받는 일이 아니기 때문에 마음
가는 대로 뭐든지 시도할 수 있다. 인스턴트 소스를 사용해도,
조미료를 넣어도 오케이다. 어쩌다 만듦새가 좀 허술하거나 간
이 센 음식을 만들어도 다들 정성을 봐서 웬만하면 박수를 쳐
준다. 파는 게 아니니까.

만약 돈을 받고 판매하는 음식이었다면 깐깐한 평가를 면할 수

없었겠지. "맛있긴 한데 이 돈 주고 먹을 음식은 아닌 것 같아요." "이거 시판 소스 쓰신 거 아닌가요?" 그런 말을 들었다면 감히 재능이니 재미니 운운하며 즐거워할 수 없었을 것이다.

평생 팔지 않는 것만 만들며 살 수 있다면 얼마나 좋을까. 그러나 안타깝게도 인생에는 '그 정도로만 해도 되는 일'보다는 '최고로 잘해야만 하는 일'이 훨씬 더 많다. "열심히 할 필요 없어. 잘하는 게 중요해." 동아리 선배가 하는 말을 들으며 솔직히 재수없다고 생각했는데 시간이 지나고 보니 그 말이 맞았다. 내가 리포트에 아무리 공을 들였다 한들 나보다 더 잘한 사람이 있으면 A+를 받을 수 없었다. 또 평소보다 면접을 훨씬 더 잘 봤는데도 다른 지원자에 비해 덜 매력적이라 탈락하는 경우도 있었다. 그러니 항상 '더 잘해야 한다.'는 강박에 시달릴 수밖에. 내가 만든 것을 팔아야만 또 그게 팔려야만 생존할 수 있는 게 현실이니까. 그런 세상에서 최고로 잘하진 못해도 그럭저럭 해내기만 하면 칭찬받는 구석을 찾았다는 건 꽤 운이 좋은 일이겠지.

생계를 유지해 주는 일, 내가 파는 것에 대한 평가가 인생의 전부인 것처럼 생각될 때가 있다. 최선을 다했는데도 좋은 평가를 받지 못할 때면 사는 게 의미 없이 느껴지기도 한다. 앞으로 그럴 땐 요리를 해야겠다. 줄 서서 사 먹을 정도는 아니지만 비매품이기 때문에 그럭저럭 괜찮은 음식을 만들어야지. 그리고 좋

아하는 사람들이 내가 만든 요리를 먹으며 짓는 표정을 공들여
담아둘 테다. 어쩌면 인생의 진짜 의미는 여기에 있는지도 모르
겠다. 팔지 않을 작정으로 열심히 만든 것에.

별것 아닌 것 같지만 도움이 되는 작은 규칙

최선을 다했는데도 좋은 평가를 받지 못할 때면
사는 게 의미 없이 느껴지기도 한다.
앞으로 그럴 땐 요리를 해야겠다.
줄 서서 사 먹을 정도는 아니지만 비매품이기 때문에
그럭저럭 괜찮은 음식을 만들어야지.
그걸 좋아하는 사람들에게 나눠 주고 진심 어린 칭찬을 들을 테다.

애정 결핍은 멋쟁이가 될 수 없어

특별한 날을 제외하고는 거의 매일 원피스를 입는다. 처음엔 상의와 하의를 맵시 좋게 코디하는 게 어려워서 입기 시작했는데, 이제는 체형이 원피스 친화적으로 맞춰져 버렸다. 내가 여전히 늘씬한 이미지를 고수하고 있(다고 믿)는 것도, 다 긴 원피스가 몸 구석구석에 붙은 맥주의 흔적을 감쪽같이 가려 주기 때문이다.

그런 내게 계절별로 새 원피스를 사들이는 건 빼놓을 수 없는 인생의 낙 중 하나다. 공기의 질감이 바뀌었다 싶으면 쇼핑 앱을 열고 '이번 계절엔 어떤 놈을 들여야 할지' 물색한다. 성격이 급한 탓에 한번 눈에 들어온 원피스는 속전속결 그날 저녁 안에 구매하는데. 그렇게 질러 놓고는 스스로의 선택이 못 미더워 주위 사람들에게 자꾸 묻는다. "어때? 잘 산 것 같아?"

문제는, 집에서 혼자 입어 봤을 땐 분명 마음에 들었던 옷도 혹평을 듣고 나면 미묘하게 구려 보인다는 거다. "너한테 너무 작은 거 아냐?" "길이가 좀 애매해." 같은 말들은 마치 저주처럼 새 옷

주변에 달라붙어서 그걸 입을 때마다 영향력을 행사한다. 반대로 내 눈엔 별로였더라도, 누가 "오늘 입은 원피스 잘 어울린다"라고 말해 주면 그 뒤부터는 마법에 걸린 것처럼 예뻐 보인다.

타인에게 어떻게 보이는지를 지나치게 의식한 탓에 내 쇼핑력(?)은 늘 제자리다. 원피스 사는 데 그렇게 많은 돈을 썼는데도 높은 확률로 불만족스러운 선택을 한다. 김소연 시인의 에세이집 『나를 뺀 세상의 전부』에 이런 구절이 있다.

> 멋쟁이들은 혼자서 옷을 사러 다닌다고 들었다. 충고가 필요 없어서다. 충고는 모험을 가로막고 안이한 선택을 강요하는 경향을 띤다. 충고에 의해 우린 멋쟁이가 될 기회를 자주 놓쳤다.

아무래도 나는 멋쟁이가 되긴 틀린 것 같다.

아무도 나를 인정해 주지 않아도 나만은 나를 인정하는 것. 그게 과연 가능한 일일까? 가만 보면 내 성취는 언제나 타인의 인정에 의해서 완성됐다. 성취뿐만 아니라 행복, 안정, 사랑처럼 내가 인생의 목표로 두고 있는 것 대부분에 타인이 깊게 관여하고 있다. 나는 스스로를 어떻게 생각하느냐보다 다른 사람의 평가를 훨씬 더 많이 신경 쓰며 산다. 가끔 주객이 전도된 게 아닌가 싶기도 하다. 아닌 게 아니라, 내 돈 내고 내 옷을 사면서 함께 온 친구에게 "나 이거 사도 돼?"라고 묻는 건 바보짓임이 틀림없으니까.

딱 한 번 내가 나를 어떻게 보는지에 대해서만 생각하며 살던 시기가 있었다. 자그마치 한 달이라는 긴 휴가를 받아(좋은 직장입니다.) 제주도에 혼자 내려갔을 때였다.

그 무렵엔 나를 둘러싼 모든 것이 불만족스러웠는데, 돌이켜보면 원인은 한 가지였다. 내가 원하는 만큼 사람들에게 좋은 평가를 받지 못한다는 것. 내가 생각하기에 나는 특별한 사람인데 남들이 보기에는 그저 그런 '지인 1', '직장인 1'일 뿐이라는 사실을 받아들이기 힘들었다. 그 괴리를 채우기 위해 누구든 만나서 환심을 사려고 했다. 그렇게 애쓰는데도 겨우 나일 뿐이어서 늘 허기진 기분이었다. 보잘것없는 인생은 서울에 버리고 아무도 나를 모르는 어딘가로 훌쩍 떠나서 새 일상을 시작하고 싶었다. 그곳에선 멋진 사람, 특별한 사람으로 대접(!)을 받을 수 있기를 바랐다.

그렇게 고질병인 애정 결핍이 창궐하여 내 안의 많은 것들을 병들게 하던 중에, 입사 3년 차에게 주어지는 안식월 사용 대상자가 된 거다. 나는 고민할 것도 없이 새 원피스 다섯 벌을 사서 제주도로 떠났다. 그리고 운 좋게도 특별한 사람이 되고 싶다는 유치한 소망을 이룰 수 있었다. 예상했던 방식과는 좀 달랐지만. 어쨌든 제주에서 생활하는 동안 나 자신을 특별하다고 여겼

으므로. 이루어진 것이나 마찬가지였다.

내가 머물던 동네는 관광객이 거의 없고, 거주민들의 평균 연령이 아주 높은 곳이었는데, 그랬기 때문에 대부분의 시간을 혼자보냈다. 다른 이들의 여행담에 으레 등장하는 우연한 만남도 거의 없었다. 내 일상을 지켜보는 건 오직 나뿐이었다. 일상에서타인이 사라지자 나는 나에게 후한 점수를 주기 시작했다. 아침에 일어나서 바닷가를 산책하다니. 어머, 멋져! 유명 관광지에서 인증샷 찍는 것에 집착하지 않다니. 나는 특별해. 독립 영화의 주인공이 된 기분으로 매일을 보냈다.

신기했던 건, 한 달 내내 새로 사 간 원피스 다섯 벌을 돌려 입었는데도 '입을 옷이 없다.'는 생각은 전혀 하지 않았다는 거다. 서울에선 스무 벌이 넘는 원피스가 있었어도 늘 입을 옷이 없었는데. 희한한 일이었다. 그때 찍은 사진을 다시 보면 정말 아무렇게나 입고 있다. 가령 드레스처럼 화려한 원피스에 삼선 슬리퍼를 신고 있다든가. 서울에서라면 절대 하지 못했을 차림이다. 근데 당시엔 그 모습조차 비범해 보여서 좋았다. 나는 우스운차림을 한 채 내가 멋있다고 생각하면서 인적 드문 포구에 주저앉아 맥주를 마셨다. 그게 남의 눈치를 보느라 잊고 있었던, 내방식의 '멋'이었다.

여행을 통해 나 자신을 사랑하는 법을 배웠고, 드디어 인정 욕구로부터 해방되어 내 방식의 멋을 추구하며 살고 있다…… 뭐 이런 교훈적인 메시지로 이 글을 마무리할 수 있었다면 얼마나 깔끔하고 좋았을까. 서울로 돌아옴과 동시에 나는 다시 타인의 인정을 갈구하는 사람이 됐다. 여전히 내 눈에 예쁜 옷보다는 타인에게 칭찬받을 수 있는 옷에 더 끌린다. 제주에서 쌓았던 나에 대한 애정은…… 공항에서 급하게 산 촌스러운 기념품처럼 서랍 어딘가에 처박혀 있나 보지, 뭐.

사실 단 한 달이었기에 가능했던 자아도취였다. 유급휴가였기 때문에(역시나 좋은 회사다!) 일을 전혀 하지 않고도 생활할 수 있었고, 이해관계로 얽힌 누구도 만나지 않을 수 있었다. 또 그 시간이 지나면 서울에 있는 가족, 애인, 친구에게 돌아갈 수 있었으므로 의연할 수 있었다.

만약 제주도에서 그랬던 것처럼 '내가 보는 나'만 신경 쓰며 평생을 살 수 있다고 하더라도, 그건 그 나름대로 별로였을 것 같다. '타인의 시선을 차단하고 나 자신의 멋에 집중하자.'는 말은 분명 도움이 되는 깨달음이었지만, 그건 다른 사람의 시선에 지나치게 집착하는 그때의 나에게나 적용할 수 있는 것이고. 그런 태도가 지속되면 오히려 나만이 옳다고 믿는, 자의식만 비대한 민폐 캐릭터가 됐을 테니까.

예전엔 인생의 터닝포인트가 되어 줄 어떤 깨달음이 있을 거라고 믿었다. 그 깨달음을 내 인생에 적용하면 평생 고질병처럼 날 괴롭히던 문제들을 해결할 수 있을 줄 알았다. 하지만 10년 정도 헤매 보니 모든 깨달음은 반쪽짜리 진리인 듯하다. 결국 모든 것은 균형의 문제인 거다.

그러니 내게 남은 선택은 이제껏 그래왔듯, 바보처럼 양팔을 휘두르며 균형을 잡는 것뿐. 아마도 나는 평생 멋쟁이가 될 수 없을 거야. 누군가의 환심을 사려 애쓰고, 그럼에도 특별한 사람이 되지 못함에 실망하다가. 어느 날 그런 내 모습이 참을 수 없어지면 잠시 떠나 자아도취와 정신 승리의 시간을 보내겠지. 그게 내가 찾은 차선이다.

평범해서 괴로운 사람들에게

이미지image의 사전적 정의는 다음과 같다.

어떤 사람이나 사물로부터 받는 느낌. 시각, 청각, 후각 등 감
각에 의해 획득한 현상이 마음속에서 재생된 것.

아는 사람이 많아질수록 이미지가 가진 힘에 대해 자주 생각하
게 된다. 한 사람이 남긴 강렬한 이미지는 시간이 많이 흘러도
잊히지 않기 때문이다.
'목소리가 굵고 듬직한 사람이었지.' '사랑받고 자란 티가 폴폴
나는 애였어.' 이름이나 생김새는 흐릿해진 지 오래인데, 어쩜
이미지만은 이렇듯 또렷하게 기억날까.

이미지 이야기가 나왔으니 말이지만, 스무 살의 나는 이미지라
고 할 것도 없는 그야말로 무색무취한 애였다. 게다가 대학교

1학년은 셀 수 없이 많은 이를 알게 되는 시기이므로. 그 난리 통에 신입생 1에 불과한 나를 기억해 주는 사람은 별로 없었다. 같은 테이블에 3시간 넘게 앉아 있었는데, "너 이름이 뭐였지?"라는 질문을 받는 일이 반복되자 나는 슬슬 짜증이 났다. 아니, 외모나 성격에 존재감이 없으면 이름이라도 특이할 것이지. 이름마저 흔해 빠져서!

물론 고만고만한 신입생 중에서도 반짝이는 애들은 있었다. 걔들은 단 한 번의 등장으로 모두에게 특별한 인상을 남겼다. 그건 뛰어난 외모 덕이기도, 특이한 성장 배경 덕분이기도, 수려한 말재주 혹은 탁월한 취향 때문이기도 했다. 수줍은 관종이었던 나는 그들의 이미지를 몰래 시샘했다. 어쩜 쟤는 저런 이미지를 가졌을까.

그 애들은 식판 위에서 남다른 존재감을 뿜내는 돈가스나 불고기 같았다. 나는 있어도 그만 없어도 그만인 콩자반이었고. 할수만 있다면 흉내라도 내고 싶었다. 하지만 이미지라는 건 그 사람이 일생(이라고 해 봤자 고작 20년이지만) 동안 쌓은 것이라 하루아침에 베낄 수 있는 게 아니었다.

시간은 흘러 계절이 바뀌었고, 흔한 이름과 그보다 더 흔한 외모를 가진 신입생 1(=나)의 특징을 발견해 주는 사람도 생겼다. 내게 생긴 첫 이미지는 정말 뜻밖의 것이었는데…… 좀 낯간지

럽지만 '문학소녀'였다. 만날 사람도 없고 할 일도 없어서 도서관에 간 날이었다. 거기서 동아리 선배를 우연히 만났다. 뭐 하러 왔냐고 묻기에 "그냥 책 좀 읽으려고요"라고 답했는데 그게 꽤 인상적이었나 보다. 어느새 나는 사람들 사이에서 '책 좋아하는 애'가 되어 있었다. 그 이미지가 매일 일기를 쓰는 내 습관과 겹쳐져서 '문학소녀'가 됐다. 급기야 내가 쓴 글이 궁금하다며 보여 달라고 조르는 사람도 생겼다.

사실 그때까지만 해도 글 쓰는 데 뜻이 있다거나 특별히 책을 사랑했던 건 전혀 아니었다. 하지만 사람들의 오해가 싫지 않았다. 오히려 좋았다. 책을 읽고 글을 쓴다고 하니 괜히 있어 보이는 것 같아서.

그 뒤로는 일부러 더 '그런 척'을 했던 것으로 기억한다. 요즘 말로 하면 '컨셉충'이 되었달까. 가방 속엔 항상 책을 넣어 다녔고, 시나 소설을 쓰기 시작했다. 카카오톡 상태 메시지를 변경할 때도, SNS에 게시물을 하나 올릴 때도 몇 시간씩 공을 들였다. 그리고 척을 하다 보니 정말로 그렇게 됐다.

'너무 평범한 게 고민'이라며 걱정하는 친구들을 종종 만난다. 보통은 괜한 오지랖을 떨고 싶지 않아서 공감을 표하고 넘어가지만. 술에 취해 혀가 길어졌을 때 슬며시 꺼내는 비밀 이야기가 하나 더 있긴 하다. 내 얘긴 아니고 만화가 마스다 미리의 책

『평범한 나의 느긋한 작가 생활』에 나오는 에피소드다.

마스다 미리는 편집자 앞에서 평범해 보일까 봐 걱정한다. 너무 평범하면 평범한 작품밖에 못 쓴다고 생각할 테고, 그러면 자신에게 일을 맡기지 않을 테니까. 그래서 일부러 특이한 '척'을 한다. 평소라면 하지 않았을 생뚱맞은 이야기를 던지는 거다. 가령 "사람이 죽으면 어떻게 되는지 매일 생각해요."라든가. 그러곤 한술 더 떠서 자신감 있는 '척'까지 한다. "저 무지 재밌는 만화 그릴 수 있어요. 기대해 주세요!" 집으로 돌아가는 길. 내가 아닌 나를 연기한 것 같아서 찜찜하지만, 그녀는 이내 무거운 마음을 털어 버린다.

"내가 만든 나라면 그것 역시 나일지도."

존재감이 없어서 괴로웠던 스무 살의 나에게, 친애하는 콩자반들에게 해 주고 싶은 이야기가 바로 이거다. 특이한 이미지나 캐릭터를 타고나지 못했다면 그런 '척'이라도 해 보자고. 어차피 영원히 변하지 않는 '진짜 나' 같은 건 없으니까. 누군가 근사한 이미지로 봐 주길 기다리지 말고 능동적으로 내가 원하는 이미지를 만들어 가면 된다. 스스로를 포장하는 거 아니냐고? 포장 좀 하면 어때.

연예인도 아닌데 그렇게 행동하는 게 아무래도 어색하게 느껴진다면, 내가 뭘 좋아하는지 주위에 떠벌리는(?) 것부터 시작해도 좋겠다. 영화를 좋아하는 것이, 고양이를 좋아하는 것이 내 이미지의 일부가 될 수도 있을 테다. 한 가지 스타일의 옷만 주야장천 입어 보는 것도 방법이다. 매일 원피스만 입는 거지. 원피스를 보면 내 생각이 나도록.

그렇게 나만의 컨셉과 이미지를 잡아가는 것. 그게 '나는 평범해.'라는 콤플렉스에 갇혀 우울해하는 일보다 열 배는 건강한 과정이라 믿는다.

☀ ☁ ☾

별것 아닌 것 같지만 도움이 되는 작은 규칙

특이한 이미지나 캐릭터를 타고나지 못했다면 그런 '척'이라도 해 보자.
내가 뭘 좋아하는지 주위에 떠벌리는(?) 것부터 시작해도 좋겠다.
영화를 좋아하는 것이, 고양이를 좋아하는 것이
내 이미지의 일부가 될 수도 있을 테다.
한 가지 스타일의 옷만 주야장천 입어 보는 것도 방법이다.
매일 원피스만 입는 거지. 원피스를 보면 내 생각이 나도록.

친구를 기르는 방법

어렸을 때부터 우정이 늘 어려웠다. 친구랑 놀고 집으로 돌아가는 길엔 묘한 찜찜함이 남았다. 특별한 사건 없이 짜파게티 두 봉지 끓여서 사이좋게 나눠 먹고 헤어졌을 뿐인데도 그랬다. 평소보다 조용하던데 왜 그랬을까? 기분이 안 좋나? 혹시 내가 말실수를 했나? 나랑 노는 게 재미가 없어졌나? 안 해도 될 걱정을 사서 하며 불안에 떨곤 했다.

내게 친구란 좋아하지만 어려운 존재였다. 차라리 애인이었다면 붙잡고 물어 봤을 것이다. 나한테 서운한 거 있냐고. 터놓고 얘기해 봤는데 문제가 있다면 관계를 재정비하는 시간을 가질 수도, (좋은 방법은 아니지만) 더 사랑해 달라고 떼를 쓸 수도 있었을 거다. 하지만 친구 사이엔 그러는 게 왠지 어색했다. '친구'라는 단어에는 '크게 신경 쓰지 않아도 무탈하게 자라는 게 당연하다'는, 이를테면 거리의 플라타너스 같은 뉘앙스가 있는 듯했다. 특히 성인이 돼서 친구에게 과도하게 집착하는 건 스스로 생각해도 모양 빠지는 일이었다.

그렇게 뾰족한 답을 찾지 못한 채 스물, 스물다섯 그리고 서른 살이 됐다. 요즘은 주변에서 친구 문제로 고민하는 사람을 거의 볼 수 없어서(반면, 연애 상담을 하는 사람은 언제나 넘쳐난다.) 그냥 내가 별난 거라 여기며 산다.

그래도 인스타그램에서 자주 발견되는 해시태그, '#우정스타그램 #평생친구' 따위를 볼 때마다 의아한 마음이 생기는 건 여전하다. 쟤들은 정말 언제 만나도 세상에서 제일 편하고 재밌나? 언제나 내 편이라는 확신이 진짜 있는 걸까? 그런 게 친구라면 난 친구가 없는 거나 마찬가진데. 분명 친한 사이인데도 만날 때마다, 연락할 때마다 눈치를 보는 내가 이상한 건가?

상황이 이렇다 보니 해가 지날수록 십년지기 친구 디디의 존재감은 누구와 비교할 수 없을 만큼 커졌다. 적어도 걔랑 있을 땐 오해받을 걱정 없이 자연스럽게 행동할 수 있었다. 디디는 지나치게 소심한 내 성격도 당황하면 짓는 바보 같은 표정도 귀엽다고 해 줬다. 한편, 나는 디디의 유머 코드를 너무 좋아해서 걔가 무슨 말만 하면 까르르 웃곤 했다.

'인간관계란 당장 내일 어떻게 될지 모른다'라고 스스로 세뇌했던 진짜 이유는 상처받기 싫어서였는데. 이런 관계라면 별문제 없이 '평생 친구'가 될 수 있을 것 같았다. 우린 가치관도 비슷하고 무엇보다 서로를 많이 좋아하니까. 같이 등산 동호회에 가입하거나 노인대학에 다닐 수 있겠지. 걔랑 놀면 여든 살 할머니가 되어도 즐거울 거야. 함께 늙어 가는 미래를 당연하게 상상했다.

그런데 요즘 다시 자신이 없다. 학교를 떠난 애들이 흔히 빠지는 딜레마에 우리도 예외 없이 빠져 버렸기 때문이다. 그렇다. 나는 두 달째 디디를 만나지 못하고 있다. 심지어 얼마 전엔 걔의 생일이었다. 그동안 아무리 바빠도 서로의 생일 파티만큼은 꼭 챙겼었는데. 이번엔 형식적인 축하 메시지 한 통 보낸 게 다였다.

핑계는 많았지만, 조금만 무리하면 케이크 하나 사 들고 걔네 회사 앞으로 가는 게 아주 어려운 일은 아니었다. 나는 그저 귀찮았던 거다. 지친 몸으로 만원 버스를 타고 1시간 넘게 달려가 케이크를 전해 주기가. 낯선 카페에 앉아 언제 끝날 줄 모르는 디디의 신세 한탄을 들어주기가.

문득 이대로 디디를 잃게 될까 봐 두려워졌다. 내가 힘들어할 때 회사 앞까지 찾아와 간식거리를 전해 준 일, 애인과 싸워 가출한 나를 위해 밤거리를 함께 헤매 주었던 일, 그 밖에 디디가 준 따뜻한 것들이 떠올랐다. 그렇게 유난한 애정을 받아 온 주제에 남들 하는 것만큼만 적당히, 쉬운 방법으로 우정을 유지하려고 했던 과거의 내가 부끄러웠다. 나에게 디디는 길 위의 수많은 플라타너스 중 하나가 아니라 세상에서 제일 아끼는 화분인데.

나중에 들어 보니 나보다 훨씬 마음이 넓고 너그러운 디디는 생일 사건(?!)에 대해 별다른 서운함을 느끼지 못했단다. 오히려 자기가 바빠서 연락을 자주 못 해 미안하다고. 사과의 의미로 선물을 하고 싶다고. 혹시 가지고 싶은 것이 있냐고 물었다. 나는 이 소중한 친구를 절대로 놓치고 싶지 않다.

그래서 앞으로는 몇 가지 귀찮은 일들을 책임지고 실천해 보고자 한다. 두서없는 회사 욕이라도 묵묵히 들어 주기, 걔가 편하게 오갈 수 있는 곳으로 약속 장소 양보하기, 바쁘다는 이유로 연락 소홀히 하지 않기 같은 일들. 얼핏 친구 관계에 적용하기엔 과해 보이지만 연애를 할 때는 당연하게 지켜 왔던 수칙이다. 애인만큼 좋아하는 친구니까 이 정도 귀찮음쯤이야 감수할 수 있다.

바람이 구름을 흘려보내듯 쿨한 관계를 추구하는 사람들에겐 나의 우정관이 촌스러워 보일 수도 있겠다. 또 누군가는 사소한 것에 일희일비하며 친구가 더는 나를 좋아하지 않게 될까 봐 불안해하는 건 진정한 우정이 아니라고 말할지도. 사실 뭐가 맞는지는 잘 모르겠다. 하지만 쫄보의 방식에 따라 고민하고 노력한다면, 디디와 같이 노인대학에 다닐 수 있을 거란 믿음은 있다.

별것 아닌 것 같지만 도움이 되는 작은 규칙

두서없는 회사 욕이라도 묵묵히 들어 주기.
그 애가 편하게 오갈 수 있는 곳으로 약속 장소 양보하기.
바쁘다는 이유로 연락 소홀히 하지 않기.
애인만큼 좋아하는 친구니까
이 정도 귀찮음쯤이야 감수할 수 있다.

아무나 만나면 망해요

이십 대 초반엔 소개팅을 꽤 많이 했다. 비록 운명의 상대를 만나진 못했지만 나름 의미 있는 시간이었다. 나는 거기서 연애가아니라 인생을 배웠다. 세상엔 정말 다양한 사람이 있으며, 타인의 마음을 얻기란 결코 쉽지 않고, 안 맞는 사람과 마주 앉아밥을 먹는 게 얼마나 곤혹스러운 일인지, 전부 소개팅을 통해알게 됐으니까. 무슨 말이냐면, 대충 그 많은 소개팅이 다 망했다는 뜻이다.

그땐 정말 '아무나' 만났다. 주선자가 "어떤 사람이 좋아?"라고물어도 똑 부러지게 대답을 못 했다. 내가 어떤 사람을 만나고싶은지 나도 몰랐기 때문이다. 누굴 만나든 혼자 있는 것보단낫겠다는 마음이었다. 그러는 동안 '나쁜 사람은 아니지만 나와는 맞지 않는 사람'을 여럿 만났는데, 그중 한 명이 유독 또렷하게 기억난다. 칼바람 불던 초봄에 대학로 카페에서 만난 남자애였다. 개랑 이야기하면서 언니들이 왜 이상형으로 '가치관이 비숫한 사람'을 꼽는지 이해했다. 각자 추구하는 멋이 달라도 너무 달랐다.

남자애가 테이블 위에 놓인 내 지갑을 가리키며 "처음 보는 브랜드인데 예쁘다."고 말한 게 시작이었다. 지하상가 가판대였나 아님 시장이었나. 어디서 샀는지 기억도 안 날 만큼 의미 없는 물건이었다. 아무튼 걔가 말하는 '브랜드'가 아닌 것만은 확실해서 잘 모르겠다고 대충 얼버무리며 지갑을 가방에 넣었다. 뒤이어 "좋아하는 브랜드가 뭐냐?"고 물었을 때도, 나에게 잘 어울릴 것 같은 옷 스타일을 추천해 줬을 때도 그저 대화 주제가 바뀌기만을 기다렸다.

결국 우리는 서로에게 특별한 매력을 느끼지 못한 채 만난 지 3시간 만에 헤어졌다. 소개팅을 주선해 준 친구에게 잘 안 됐다는 소식을 전하자 그 애는 본인이 더 아쉬워하며 말했다. "왜~! 잘 좀 해 보지. 걔 옷도 잘 입고, 키도 크고, 완전 인기 많은 앤데. 별로였어?" 아…… 그러고 보니 옷태가 남달랐던 것 같기도 하고. 어쩐지 미안했다. 자신의 멋짐을 알아봐 주지 못하는 내가 얼마나 야속했을까.

그런 종류의 야속함이라면 나도 잘 알고 있었다. 그날 테이블 위에 놓여 있던 것 중 내가 관심을 받고 싶었던 건 별생각 없이 산 지갑이 아니라 공들여 고른 책이었다. '어쭈! 너 소설 좀 읽는 애구나.'라고 알아봐 주길 바랐는데(문학적 취향에 유치한 자부심이 있던 시기였다). 내가 그 애의 신상 운동화를 몰라봤듯, 걔도 나의 갈고닦은 취향을 알아채지 못했다.

사람은 저마다 자신이 동경하는 것을 좇으며 산다. 그런데 아름답고 중요하다고 생각하는 대상이 사람마다 다르다. 오케이. 그렇다면 각자의 가치관을 존중하며 지내면 참 좋을 텐데. 나와 다른 것을 진심으로 인정하는 게 말처럼 쉽지가 않다. 그래서 인간관계는 종종 어려워진다.

뭘 입는지가 세상에서 제일 중요한 사람이 유행 지난 셔츠를 걸친 날 보고 촌스럽다고 생각하는 것이나, 자신만의 확고한 음악 취향이 있는 사람이 최신 가요 톱 100곡만 듣는 이를 남몰래 무시하는 것. 취향이나 가치관에 우열을 매기는 오만함을 옳다고 편들어 줄 순 없지만, 솔직히 이해는 간다. 인간은 원래 자기가 경험한 것으로만 타인을 판단하는 편협한 존재니까.

사실 그 망한 소개팅을 한 직후에 애인이 생겼다. 나와 취향도 비슷하고 가치관도 맞는 사람을 우연히 만났다. 작정한 건 아니었는데 운이 좋았다. 걔랑 연애를 하는 바람에 한동안 '나와 잘 맞는 사람'에 대한 고민은 구석으로 치워 둘 수 있었다. 물론 연애 한정이었지만.

몰랐는데 애인이 생겼다고 해서, 나와 잘 맞는 친구들이 있다고 해서 가치관이 다른 사람들을 영원히 피할 순 없더라. 알바, 스터디, 조별 과제, 인턴 생활 등 타인과 부대끼는 모든 곳에서 여전히 나와 다른 이들과 함께해야 했다. 가끔은 백조들 사이에 낀 오리가 된 것 같기도 했다.

어떤 곳에서의 생활은 '아무나 소개시켜 달라'고 해서 성사된 소개팅처럼 엉망이었다. 그들이 추구하는 인생과 내가 옳다고 믿는 것이 완전히 달랐다. 그리고 다른 것은 틀린 것으로 자주 오해받았다. 뭘 해도 인정받지 못하는 일이 당연스럽게 반복됐다. 나도 나름 괜찮은 사람이라고 생각하며 살아왔는데, 그 사람들만 만나면 바보가 되는 기분이었다. 소개팅 상대였다면 '나랑 잘 안 맞는 사람이네.' 하고 말겠지만, 불행히도 일주일에 다섯 번씩 꼬박꼬박 얼굴을 봐야 하는 사이였기에 나는 매일 조금씩 시들어 갔다. 특별히 잘못한 것도 없는데 이상하게 주눅이 들었다. 마지막 즈음엔 나조차도 나를 의심했다. '내가 이상한 건가? 내 가치관이, 취향이 후진가?'

앞서 말했듯 내가 소개팅에서 배운 것은 연애가 아니라 인생이다. 나는 이제 안다. 아무나 만나면 망한다는 사실을! 가치관이 비슷한 사람과 어울려야 주눅 들지 않고 지낼 수 있다. 적어도 매일 만나는 사람은 나를 인정해 주는 사람이어야 한다.

나와 다른 이를 밀어내며 배타적으로 살겠다는 말이 아니다. 어떤 사람을 만나느냐에 따라 마음은 맑게 개기도, 비바람이 몰아치기도 하니까. 나와 잘 맞는 사람을 조금 더 능동적으로 찾겠다는 뜻이다. 안 그래도 살기 힘든 인생인데. 조금이라도 편하게 지낼 수 있는 환경을 만들어 주는 게 주인이 된 도리가 아닐까 싶다.

☀ ☁ ☾

별것 아닌 것 같지만 도움이 되는 작은 규칙

나는 이제 안다. 아무나 만나면 망한다는 사실을!
가치관이 비슷한 사람과 어울려야 주눅 들지 않고 지낼 수 있다.
적어도 매일 만나는 사람은 나를 인정해 주는 사람이어야 한다.
덧붙여 연인이든, 가족이든, 친구든, 동료든 서로 너무 다르고
안 맞는다면 갈라서는 게 모두를 위한 일이라고 믿는다.

내 자아는 12인조 아이돌 그룹

"한번 만나면 오래 사귀는 타입이신가 봐요?"

길게 연애한 경험이 꼴랑 두 번뿐이라 '타입'이라고 말하긴 좀 거창하지만 굳이 따지자면 그렇다. 애인(이자 남편)과 8년째 연애 중이고, 직전 사람과도 2년 넘게 만났으니까. 그래서인지 '연애 오래 하는 비결'을 묻는 친구들이 종종 있다.

하지만 아이러니하게도 이십 대 초반에 나의 가장 큰 고민은 '연애 조루'였다. 누굴 만나도 한 계절 이상 사귀지 못하고 헤어졌다. 연애를 인생 최대의 목표로 두고 노력하는 데 비해 안 풀려도 정말 더럽게 안 풀렸다. 농담이 아니라 썸만 타다가 사그라든 관계만 모아도 소극장 하나는 채울 수 있다.

시작할 땐 다들 잘해 줬지만 금방 나에게 질려 했다. 초반에 한두 놈이 그랬을 땐 '다 내가 보는 눈이 없는 탓이요.' 하고 말았는데, 상대만 바뀐 조루 연애가 반복되자 인정할 수밖에 없었다. '나한테 사람을 질리게 하는 매력(?)이 있구나.'

적지 않은 연애를 말아먹고 나서야 그 '사람 질리게 하는 매력'의 실체를 알게 되었는데. 나에겐 이상한 악취미가 있었다. 애인이 나의 특정 부분을 좋아하거나 칭찬하는 걸 못 견뎠다. 연애 초 연인들에게 흔히 일어나는 마법인 콩깍지의 존재를 절대로 인정하지 않았다.

가령 이런 식의 장면이 클리셰처럼 반복됐다. "네가 쓰는 단어가 좋아. 너랑 얘기하면 재밌어."라는 말에 "오빠가 날 아직 몰라서 그래. 내가 얼마나 말을 못되게 하는데." 하고 정색하며 분위기를 박살 냈다.

"고마워. 나도 네가 좋아."로 충분한 걸. 왜 쓸데없는 말을 했을까. 이제 와서 추측해 보면 무서웠던 것 같다. 그가 내 모습을 낱낱이 알게 되면 더는 날 사랑하지 않을까 봐. 쉽게 말해 방어기제가 잘못 발동한 것이다.

그래서 잘해 보고 싶고 오래 만나고 싶은 사람일수록 나의 못난 면을 보여 주기에 급급했다. 최악의 상황에서만 나오는 구린 자아들을 억지로 끄집어내서 이런 나까지 사랑해 달라고 떼를 썼다. 나와 과거의 애인들은 사탕처럼 달콤한 이야기만 해도 모자란 시기에 과도한 자기 고백을 나누느라 지쳐 버렸고. 영원을 꿈꾸던 관계는 없던 일이 됐다.

나는 어딘가에서 주워들은 반쪽짜리 명제—'그가 당신을 정말 좋아한다면 밑바닥까지 사랑해 줄 것이다' 류의—에 갇혀 있었

다. 만난 지 한 달도 안 됐지만 어쨌든 애인이니까. 내 모든 정
보를 전체 공개로 돌리고 시험에 들게 하는 게 옳다고 믿었다.
관계에도 단계가 있고 종류가 있다는 걸 까맣게 몰랐던 탓이다.
여러모로 납작한 세계 속에서 조루 연애나 반복할 수밖에 없던
때였다.

나의 자아는 각기 다른 성향을 지닌 12인조 아이돌 그룹과 비슷
하다. 인사성이 바른 멤버 A도, 글 쓰는 멤버 B도, 제 분을 못 이
겨 이따금 소리를 지르곤 하는 다혈질 멤버 C도 모두 그룹의 일
원, 즉 나다. 그런데 이 그룹은 단체 활동보단 개인이나 유닛 활
동을 훨씬 더 많이 한다. 그래서 그룹보다는 멤버 개인으로 더
잘 알려져 있다.
이런 상황에서 특정 멤버를 보고 입덕한 사람에게 나머지 11명
을 억지로 떠먹일 수 있을까? 다른 멤버들도 같은 그룹이니 어
서 좋아하라고. 그렇게 못 하면 진정한 사랑이 아니라고 다그치
는 게 옳을까? 아마 아닐 것이다. 그보단 가까워지고 싶은 대상
을 내 정원에 자주 초대하는 편이 더 현명한 방법일 테다. 시간
을 가지고 천천히 둘러보다 보면 나머지 멤버와 자연스럽게 만
날 기회가 생기겠지.
'자아의 유닛 활동론'을 이해한 덕분에 연애 조루 증상이 크게
나아졌다. 사실 연애뿐만 아니라 다른 관계에서도 더 건강한 태

도를 지니게 된 듯하다. 이제 나는 사람을 사귈 때 내 모든 모습을 한꺼번에 오픈하려고 애쓰지 않는다. 일하다가 만난 사람에겐 일하는 자아를, 여행하다 만난 사람에겐 여행하는 자아를 보이는 게 당연하다. 잘 보이고 싶은 사람을 만나면 그가 좋아할 만한 자아만 유닛으로 꾸려서 내보내기도 한다. 늘 맘처럼 되진 않지만(가끔 원치 않는 자아가 튀어나오곤 하므로) 할 수 있는 데까진 노력한다.

그러다 보니 사랑에 빠지는 일도, 크게 실망해 절교하는 일도 예전보다 많이 줄었다. 멋진 사람을 봐도 '저 언니 어딘가엔 지질한 자아가 있겠지.' 생각하면 우상숭배에 빠지지 않게 된다. 반대로 예상치 못한 기대 이하의 모습을 만나도 딱히 호들갑 떨지 않고 넘어갈 수 있게 됐다.

스스로를 대할 때도 마찬가지. 모든 자아가 완벽하게 멋진 사람은 세상에 없다. 있다고 해도 이번 생에 내가 이룰 수 있는 목표는 아니다. 그렇다면 알리고 싶지도, 굳이 알고 싶어 하는 사람도 없는 못난 자아는 은근슬쩍 숨기면서 살아도 되지 않을까?(노파심에 덧붙인다. 여기서 말하는 '못난'이 범죄를 뜻하는 건 아니다.) 나만 아는 비공개 멤버가 있는 것도 나쁘지 않겠다. 그렇게라도 부족한 나를 덜 미워하며 살고 싶다.

하나 덧붙이자면, 사랑받는 사람이 되고 싶다면 어떤 상황에서 어떤 자아를 꺼내 놓아야 매력적일지 잘 알고 있어야 한다. 주변의 인기인들을 오랫동안 관찰한 결과가 예외 없이 그랬다. 그래서 나도 실험 중이다. 나의 수많은 자아 중 몇 번째 녀석을 언제 꺼내야 매력적으로 보이는지. 숟가락 내려놓자마자 다시 생각나는 단짠단짠 레시피처럼 완벽한 비율을 찾을 것이다.

가끔 이렇게까지 해야 되나 싶기도 하지만, 인간 사회에서 매력 어필의 기술은 선사시대의 사냥 능력만큼이나 중요한 생존법이라 어쩔 수 없다. 첫눈에 본질을 알아봐 주는 사람만 마냥 기다릴 순 없으니. 내 본질이 돼지고기라면, 돈가스가 됐건 탕수육이 됐건, 적절한 요리법을 터득해야 한다. 사랑한다면 까맣게 탄 돈가스라도 먹어달라고 조르기엔 아무래도 좀 민망한 나이가 됐다.

인생은 연습이야

어렸을 때부터 몸을 쓰는 일에는 젬병이었다. 분명 내 몸뚱이에 달린 팔과 다리인데 어떻게 사용해야 할지 막막했다. 어색한 내 몸의 형태를 마주할 때마다 얼굴이 화끈거렸다. 남이 찍어 준 내 사진을 확인할 때라든가.(한숨) 혹은 카페 유리에 비친 내 모습이 우연히 눈에 들어올 때.(깊은 한숨)

예능 프로그램을 보면 하는 행동마다 어색해서 웃음거리가 되는 캐릭터가 종종 나온다. "너는 왜 걷는 것도 어색하냐! 와하하." 그것을 발견한 누군가가 적극적으로 그를 놀리기 시작하고, 이후부터는 그 사람이 물을 마시든 세수를 하든 우스꽝스러운 배경음악이 기본으로 깔린다. 그런 장면에서 나는 맘 편히 웃지 못했다. 놀림 받는 쪽에 감정이입이 됐기 때문이다.

내가 뭘 해도 어색한 캐릭터라는 걸 들킬까 봐 걱정하며 평생을 살아왔다. 자리에서 일어나 자기소개를 하고 난 다음이면 왠지 모를 찝찝함에 입맛이 썼다. '나 방금 너무 어정쩡하게 서 있지 않았나?' 나와 다르게 뭘 해도 폼이 나는 애들을 보며 생각했다. '저런 몸짓은 타고나는 걸까.' 그리고 얼마 전에야 내가 뭔가를 크게 오해하고 있었다는 걸 알게 됐다.

잡지사 에디터로 일하고 있는 덕분에 몸을 잘 활용(!)하는 친구들을 자주 만난다. 우리 잡지의 화보는 기본적으로 '대학생의 일상적인 모습'을 담는 것이다. 촬영장에서 내가 제일 자주 하는 말은 "카메라 의식하지 마세요. 그냥 집에 혼자 있을 때처럼 자연스럽게 계시면 돼요."다. 사실 무리한 요구라는 걸 잘 알기에 말하면서도 머쓱하다. 아니, 카메라가 있는데 어떻게 의식을 안 해.

그런데 어떤 친구들은 이 무리한 요구를 놀라울 정도로 잘 소화한다. '주말에 과자 먹으면서 널브러져 있는 느낌'을 주문하면 몇 번 몸을 들썩거린 후에 딱 그 상황에 맞는 자세를 취한다. 과자를 집는 손의 모양과 다리의 각도, 나른한 표정까지 모든 게 완벽하다. 이런 친구들의 특징은 카메라 앞에서뿐만 아니라 일상생활에서 보이는 몸짓도 멋있다는 거다. 그냥 멍하니 앉아 있어도 태가 나는 멋쟁이랄까.

최근에 진행한 촬영에서도 그런 멋쟁이를 만났다. 촬영 중간 잠시 쉬어 가는 시간에 휴대폰을 들여다보고 있을 뿐인데도, 당장 셔터를 눌러도 될 정도로 완벽한 자세를 유지하는 친구였다.

에디터로서가 아니라 뭘 해도 어색한 게 고민인 사람으로서 정말 궁금해서 물었다. "어쩜 그렇게 자세가 자연스러워요? 그런 멋은 타고나는 건가요?" 그러자 뜻밖의 대답이 돌아왔다. "자연스러워 보이려고 엄청 열심히 연습해요."

아! 연습을 하는구나. 무심한 듯 시크한 자세나 표정을 연출하기 위해 맹연습을 해야 하다니. 어쩐지 모순적이었지만 이해할 수 있었다. 카메라 앞에 서야 하는 모델이니까.

그때 옆에 있던 동료가 말했다. "예전에 저도 졸업사진 보고 충격 받아서 웃는 표정 연습한 적 있어요. 예쁜 척하느라고 한 건데 썩은 미소를 짓고 있더라고요." 한 발자국 떨어져 있던 또 다른 동료도 덧붙였다. "저는 사실 혼자서 리듬 타는 연습해 봤어요. 자연스럽게 몸 흔드는 게 어려워서."

헐. 뭐야. 다들 이런 것까지 연습하고 있는 거였어? 모델도 아닌데? 왠지 모를 배신감이 느껴졌다. 왜 나한텐 아무도 안 알려줬죠? 어쩐지! 자연스러운 사람들 속에서 내 모습만 유독 부자연스러워 보이더라니. 연습을 안 해서 그런 거였어?

그러고 보니 어렸을 때부터 뭐 하나 끈질기게 연습해 본 적이 없었다. 조금 어렵거나 힘들면 재능 탓을 했다. 춤사위가 어색하면 춤 연습을 하는 게 아니라 '끼 없이 태어난 게 죄'라고 생각해 버렸다. 수학 교과서에 어려운 도형 문제가 나오면 공간지각

219

능력이 부족한 탓을, 뜀틀 넘기에 실패하면 운동신경이 없는 탓을, 단소에서 소리가 안 나면 음악적 재능을 탓하며 지레 포기했다. 능숙한 사람들을 보며 '쟤들은 타고나서 좋겠다.'고 부러워만 했는데. 어째서 그들이 타고났다고 확신했는지 모르겠다. 실은 재능까지 갈 것도 없는 일들이었는데. 그냥 연습 몇 번 더 하면 됐을 텐데.

고백 하나 하자면, 두 달 전까지 왼쪽과 오른쪽을 민첩하게 구분하지 못했다. 엉거주춤 연필을 쥐어 보고 나서야 '아, 이쪽이 오른쪽!' 하고 느리게 깨달았다. 그래서 사거리에만 서면 눈앞이 캄캄해져 길을 잃었다. 이제껏 그게 다 방향감각이 없는 탓이라고 생각했는데. 그냥 연습을 안 한 거였다.
이렇게 계속 무능력한 채로 살 수 없었다. 그리하여 세 살도 아닌 서른 살에 왼쪽 오른쪽 구분하는 연습부터 시작했다. 자꾸 해 보니 못 할 것도 없었다. 그리고 기세를 몰아 운전면허 따기까지 도전했다. 학원에는 스물을 갓 넘긴 것처럼 보이는 앳된 친구들이 많았다. 그 시절 나는 '좌회전, 우회전도 구분 못 하는데. 운전은 무슨!' 자조하며 술이나 마시고 있었는데. 너희는 참 용감하구나. 늙은이 같은 생각을 하며 학원에 다녔다. 수업이 끝나면 남편 차에 '도로 주행 연습'이라고 써 붙이고 나머지 공부를 했다.

새벽 3시가 되도록 연습하고 또 연습했다. 그렇게 치열하게 매달린 결과, 두 달 만에 운전면허증을 손에 쥐게 됐다. 그게 뭐라고 눈물까지 났다. 머지않은 미래에 적어도 1인분은 하는 어른이 될 수 있을 거란 희망이 보여서 더 기뻤던 것 같다. 물론 남들다 할 때 연습하지 않은 탓에 터득하지 못한 기본기들이 아직산더미처럼 남아 있긴 하지만. 좀 많이 늦긴 했지만. 어쩌겠어. 지금부터라도 열심히 연습해 봐야지.

☀ ☁ 🌙

별것 아닌 것 같지만 도움이 되는 작은 규칙

능숙한 사람들을 보며 '쟤들은 타고나서 좋겠다'고 부러워만 했는데.

어째서 그들이 타고났다고 확신했는지 모르겠다.

실은 재능까지 갈 것도 없는 일들이었는데.

그냥 연습 몇 번 더 하면 됐을 텐데.

작은 기쁨 채집 생활

초판 1쇄 인쇄 2020년 5월 20일
초판 6쇄 발행 2023년 12월 20일

지은이 김혜원 **사진** 김혜원 · 김수현
펴낸이 김종길 **펴낸 곳** 글담출판사 **브랜드** 인디고

편집 이경숙 · 김보라 **영업** 성홍진
디자인 손소정 **마케팅** 김지수 **관리** 이현정

출판등록 1998년 12월 30일 제2013-000314호
주소 (04029) 서울시 마포구 월드컵로8길 41 (서교동 483-9)
전화 (02) 998-7030 **팩스** (02) 998-7924
블로그 blog.naver.com/geuldam4u **이메일** geuldam4u@geuldam.com

ISBN 979-11-5935-066-5 (03810)

책값은 뒤표지에 있습니다.
잘못된 책은 바꾸어 드립니다.

만든 사람들 ─────────────
책임편집 이은지 **디자인** 엄재선 **교정교열** 윤혜숙

글담출판에서는 참신한 발상, 따뜻한 시선을 가진 원고를 기다리고 있습니다.
원고는 글담출판 블로그와 이메일을 이용해 보내주세요. 여러분의 소중한 경험
과 지식을 나누세요.